Omistan tämän kirjan kaikille, jotka ovat olleet tai ovat samassa tilanteessa tai joutuneet julmuuden kohteeksi lapsuudessaan. Tiedän, kuinka vaikeaa on, kun ei saa uskottavuutta. Useimmiten kaikki lakastaan maton alla, aikuiset sulkevat silmänsä ja olettavat että väkivaltaa ei ole. Meistä kokeneista tuntuu, että elämä on jo ohi.

Pyydän ettette antaudu, kuinka vaikeaa se sitten onkin ollut. Tekijä ei saa ottaa yliotetta teistä. Sitä oikeutta emme heille suo. Taistelemme kehomme ja sielumme oikeudesta elää. On olemassa ihmisiä, jotka haluavat kuunnella ja auttaa. Aina on toivoa, jos jaksaa kertoa heille, jotka haluavat kuunnella. Älä anna koskaan periksi.

Tämä kirja perustuu todellisiin tapahtumiin. Nimet ja paikat muunnettuja suojatakseen kaikkia osapuolia.

Kauhutalo jossain keskiruotsissa

Mia Stark

© 2018 Mia Stark
Förlag: BoD - Books on Demand, Stockholm, Sverige
Tryck: BoD - Books on Demand, Norderstedt, Tyskland
ISBN: 978-91-7969-317-6

Johdanto

Istun valkoisen Mercedeksen takapenkillä vuonna 1978. Käännyt ja näen äitini ulko-ovella. Jätämme juuri taaksemme Nibblen asuma-alueen. Mieleeni tulee ajatus, että emme koskaan enää tapaa.

Äiti on hyvin kurjan näköinen sekä tavoiltaan, että ulkonäöltään maalattuine kynsineen, huulipunineen ja värjättyine hiuksineen, oli hän sitten pukeutunut juhlavasti tai riettaasti niin hänellä oli vaikeuksia yhdistellä värejä. Humalaisena hän oli erittäin kova ääninen, hän kuului ja flirttaili lähellä olevien miesten kanssa. Selvänä ollessaan hän oli ujo, erittäin hiljainen ja syrjään vetäytyvä.

Tänä päivänä äiti on rauhallinen ja näyttää siistiltä, hänellä on musta/liila- ruutuinen polven yläpuolelle ulottuva villahame sekä sopiva liila lyhythihainen pumpulipusero. Hänen olkapäilleen asti ulottuvat hiuksensa ovat punaruskeat. Hän on aina pitänyt huolta ulkonäöstään ja pukeutuu harvoin vain yksivärisiin. Muistaakseni en ole koskaan nähnyt häntä pukeutuneena vain yksiväriseen asuun. Isää ei ole näkynyt ja käsittääkseni hän on sairaalassa jalka kipsattuna poliisin käyttämän väkivallan vuoksi. Veljeni on jo haettu.

Yritän tulkita äitini kasvon ilmeitä, jos niistä paljastuisi mitä hän ajattelee. Sydäntäni särkee, kun näen hänen jäävän seisomaan ulko-ovelle. Hän heiluttaa minulle ja minä heilutan takaisin.

Itken hiljaa, kyyneleet valuvat poskiani pitkin.
Voin huonosti. En osaa aavistaakaan mikä minua
odottaa.

Luku 1

Vanhempamme muuttivat Oulusta Ruotsiin silloin kun täällä tarvittiin työvoimaa. Elettiin vuotta 1969 ja vanhempamme asettuivat asumaan Karlstadiin. Seuraavana vuonna synnyin minä ja pian sen jälkeen muutimme Nykroppaan, tammikuussa 1971 muutimme Kolbäckiin, jossa asuimme Ringvägenillä. Isä oli saanut työtä Kolbäckin Metallilla. 1973 asuimme väliaikaisesti Oulussa puolen vuoden ajan. Muutimme työn perässä ja sinä aikana syntyi veljeni. Elokuussa 1974 muutti perheemme takaisin Kolbäckiin.

Perheemme oli tunnettu Kolbäckin sosiaalitoimistossa siitä asti, kun tulimme sinne ensimmäisen kerran 1971. Vanhempiemme alkoholiongelmat ovat kestäneet useita vuosia. Niukasti kalustetussa asunnossamme on usein pidetty juhlia, joihin on kuulunut alkoholi ja riidat. Tällaisten tapausten sattuessa veljeni ja minä olemme menneet naapuriin pyytämään yösijaa. Joissakin tapauksissa vanhempamme ottivat yhteyttä valvojaansa ja hänen vaimoonsa. Jotka olivat niin kutsuttuja kontaktihenkilöitä vanhemmillemme. He olivat tunteneet vanhempamme vuodesta 1971. Valvoja otti meidätkin kotiinsa tai sijoitti meidät sopivaan kotiin yöksi.

Toukokuussa 1977 hakivat vanhempani avioeroa. Äiti, minä ja veljeni muutimme silloin Hallstahammariin, jossa asuimme kolmen huoneen ja keittiön asunnossa, kolmikerroksisessa talossa, jossa oli oma ulkopaikka. Alueen kaikki talot olivat punaisia tiilitaloja valkoisine parvekkeineen ja parvekkeiden välissä oli metallisäleikkö. Asuinalue oli rakennettu 60-luvun ja 70-luvun taitteessa. Koulu ja kauppa olivat lähellä, leikkipuisto sijaitsi sisäpihalla talojen välissä. Se oli silloin kaunis alue.

Muuton yhteydessä meillä ei ollut yhtään huonekaluja. Vanhempamme Jättivät paljon tavaroita Suomeen taikka möivät saadakseen rahaa kokoon. Jäljellä olevat huonekalut jätettiin isän luo. Äiti oli kotirouva, jonka piti huolehtia meistä. Näin oli tarkoitus, joten hänellä ei ollut mitään tuloja. Joskus hän oli lapsenvahtina serkuilleni. Isä teki kovasti töitä ja yritti auttaa äitiä välirikosta huolimatta, mutta se ei riittänyt edes välttämättömimpiin tarpeisiin. Meille myönnettiin avustusta sosiaalin kautta varusteisiin – yksinkertaiseen keittiön pöytään, pinnatuoleihin, kahteen yhdenhengen sänkyyn, parisänkyyn, kukalliseen kolmen istuttavaan sohvaan, kahteen nojatuoliin sekä olohuoneen pöytään. Suurin osa huonekaluista ostettiin kirpputorilta, osa henkilökohtaisista tavaroista äidillä oli säästössä jo aikaisemmin.

Vanhempamme yrittivät luoda, heidän silmissään, hyvän kodin meille huolimatta siitä, että he eivät olleet hyvissä väleissä keskenään. Velka sosiaalitoimistolle tulisi maksaa takaisin, kun talous parantuisi ja nyt laskuun lisättiin huonekaluvelka.

Muuton jälkeen isä hommasi asunnon läheisyydestämme. Suunniteltu avioero ei tullut voimaan, vaan vanhempamme muuttivat taas yhteen, mutta avioliitto-ongelmat eivät vähentyneet. Isä toi mukanaan levysoittimen, että voisimme kuunnella Elvis Presleytä, Baccaraa, suomalaista tangoa sekä tanssimusiikkia ettemme kuulisi äidin ja isän riitoja ja tappeluja.

Sosiaalitoimistoon oli tullut lukemattomia ilmiantoja vanhempiemme elintavoista sekä naapureilta, muilta lähellä asuvilta sekä kontaktihenkilöiltä. Nimettömiä ilmoituksia oli myös tehty siitä, kuinka minun ja veljeni hoito oli laiminlyöty. Useita kertoja meidät jätettiin niin arkisin kuin viikonloppuisin ilman valvontaa, kun äiti lähti juhlimaan. Äidin ja isän alkoholin väärinkäytöstä johtuen oli jatkuvasti tappeluja ja perheriitoja kotonamme. Meidät jätetiin oman onnemme nojaan ilman vaatteita ja ruokaa. Vanhempiemme kiinnostusta (etupäässä äidin) tunne ja materiaalisella puolella ei ollut. Saamme yrittää pärjätä itse ja yritämme hakea tukea naapureilta ja sukulaisilta. Myöhemmässä vaiheessa isämme yrittää saada kaiken toimimaan. Myöhemmin olemme olleet yksin kotona myös päivisin. Koska äiti ei ole ollut kotona on valvojan rouva luonamme viikonloppuisin saadakseen yhteyttä äitiimme, joten valvonta on ollut hyvin tiivistä. Isä joutui sairaalaan poliisin aiheuttaman jalkavamman vuoksi, koska hän oli tehnyt humalassa vastarintaa jonkun kotitappelun yhteydessä. Poliisi käytti tarpeetonta väkivaltaa ja jalka katkesi ja hänet kipsattiin varpaista nivuksiin. Isä ei ole pystynyt vaikuttamaan sosiaalilautakunnan tutkimuksiin ja päätöksiin, koska hän joutui olemaan sairaalassa pitemmän aikaa. Valvojan mielestä on toteen näytetty valvojan osuuden riittämättömyys saada aikaan parannusta perheellemme sekä minun ja veljeni tulevalle kehitykselle. He päättävät sijoittaa meidät toiseen yksityiseen kotiin.

Yhteistyössä sosiaalilautakunnan ja vanhempieni kanssa päätettiin, että veljeni ja minut sijoitettaisiin sukulaisten luo päätöstä odotettaessa. Veljeni sijoitettiin setämme, hänen vaimonsa ja kolmen serkkumme luokse Kolbäckin Sörstaforsiin. Minut sijoitettiin perhetuttavamme Reijon luo. Tutkimuksissa keskustelu käytiin tulkin välityksellä vuoden 1978 aikana. Sosiaali antoi heille mahdollisuuden arvioida esille tulleet tiedot koskien veljeni ja minun hoitoa ja kasvatusta. Äiti on mielestään ottanut tarpeellisen vastuun meistä. Kuten aikaisemmin mainitsin ei isä voinut vaikuttaa päätöksiin henkilökohtaisella läsnäololla, koska hän oli sairaalassa jalka kipsissä pidemmän aikaa.

Eräänä viikonloppuna isän keskusteltua sosiaalin kanssa hän otti yhteyttä valvoja Piiraiseen ja kertoi, että me emme voi olla yksin äidin kanssa. Isän mielestä äiti ei ole henkisesti vakaa. Hän on myös päättänyt erota nyt äidistä. Avioeron jälkeen isä haluaa ottaa huostaansa meidät ja tehdä velvollisuutensa. Isä ottaa yhteyttä tulkin välityksellä sosiaalijohtajaan ja ehdottaa että meidät sijoitettaisiin samaan perheeseen nimittäin setämme perheeseen odotellessamme lastenhoitolain mukaisia tutkimuksia. Seuraavalla käynnillä äitimme luona valvoja Piirainen ja sosiaalijohtaja Stig Larsson kertoivat mitä tulee tapahtumaan. Isä suostuu, että meidät molemmat sijoitetaan setämme luokse tutkimuksen ajaksi. Äitimme kertoo, että hän tuntee itsensä uhatuksi kodissa. Hän pelkää isäämme hänen päästyään sairaalasta, koska isälle on myönnetty väliaikainen päivystysasunto. Piirainen haki minut Reijon luota seuraavana päivänä. Saatuani koululaukkuni ja osan vaatteistani ajamme setämme perheen luo Sörstaforsiin, jossa saan taas tavata veljeni.

Sosiaali ottaa yhteyttä kouluun sekä taksiyhtiöön ratkaistakseen koulukuljetuksen meille. Saamme kyydityksen kouluun sekä esikouluun.
Valvoja Piirainen on vieraillut Arto-setämme luona todetakseen, että me viihdymme hyvin ja perhe on sopeutunut. Sosiaali on tulkin välityksellä selvittänyt sedälle ja hänen rouvalleen Elsalle että veljelläni ja minulla on lääkäriaika sekä terveystarkastus, jonka sosiaali vaatii nähdäkseen, että me olemme terveitä. Samanaikaisesti tekee sosiaali tutkimusta ja kartoitusta elämästämme keskustelemalla vanhempiemme ystävien, naapureiden sekä

koulun kanssa. Siellä missä asuimme vanhempiemme kanssa ovat asukkaat antaneet lisätietoja, että meidät on monesti jätetty yksin. Joskus olemme myös seisseet oven ulkopuolella ja halunneet päästä sisälle, ilman että äiti on avannut ovea. Naapurit kertovat myös, että kuljimme rikkinäisissä ja ohuissa vaatteissa ja ovat kuullet usein meidän itkevän öisin. Syytä tähän he eivät kuitenkaan tiedä. Tämä on ollut normaalia meidän asunnossamme, että sieltä on kuulunut riitelyä, kovia ääniä ja juopottelua vieraineen. Koulukaverini, naapurin tytär Sanna vieraili meillä päivittäin. Hän vahvistaa myös ne sosiaalin saamat salaiset puhelut, joissa mainitaan, että meitä on laimin lyöty ja olemme saaneet pärjätä omin nokkinemme. Olen myös usein pyytänyt saada yöpyä heillä, koska asunnossamme on juhlittu.

Sosiaalin ja koulun väliset keskustelut vahvistaa, että vanhempien ja koti-ja kouluyhdistyksen välinen kanssakäyminen on ollut olematon siitä lähtien kun aloitin koulun seitsemän vuotiaana. Äitini tuli pakollisiin vanhempain kokouksiin vasta lukuisten koulusta saamien muistutusten jälkeen. Luokanvalvoja kokee, että minulla ei ole minkäänlaista tukea vanhemmistani ja että saan itse ottaa vastuun veljeni ja omasta elämästä saadakseni sen toimimaan. Luokanvalvojani on tietoinen myös, että Sanna, joka asuu samassa rapussa, on joutunut herättämään minut usein, että ehdin kouluun, koska sitä ei kukaan muu tee. Olen myös saanut syödä aamiaista Sannan luona, koska sitä ei ole ollut kotona. Koulun lopettajaisiin, vanhempain kokouksiin ja vastaaviin tapahtumiin on äitimme täyttänyt lapun kouluun, jossa on luvannut tulla, mutta ei olekaan tullut. Silloin pahoitin niin mieleni. Menen kouluun huonosti puettuna ja olen aina väsynyt. Olen myös usein ollut nälkäinen ja siitä syystä opettaja epäilee, että en ole saanut ruokaa kotona. Muistan ne kerrat, kun äiti antoi aamiaiseksi kahvia, jossa oli murennettua pullaa, sokeria ja maitoa. Tykkäsin että se oli hyvää, mutta ehkei niin ravintorikasta ja lapselle sopivaa. En tiennyt muustakaan. Oli kuitenkin parempi kuin olla nälkäinen koko päivän.

Kotipihalla oli harvoin vanhempia ei myöskään koulun pihalla. Välitunnillakaan ei ollut opettajia ja luokallani olevat pojat käyttivät tilaisuutta hyväkseen kiusatakseen minua. Suurin osa luokkalaisistani tiesi miltä minun ja veljeni tilanne näytti, mutta he eivät tienneet miten vakavaa se oli. Moni luokkalaisistani asui lähellä ja osa samalla alueella kanssamme. Muutama poika uhkaili ja kiusasi veljeäni ja minua koska olimme uhattuja ja erilaisia. Lapset ovat aina lapsia, silloin kun vanhemmat eivät näe eikä kukaan ole opettanut heitä käyttäytymään. Kun he uhkasivat lyödä minua, annoin heille rahaa, etten tulisi lyödyksi, se rauhoitti tilanteen juuri sillä kertaa. Rahaa sain usein vanhempieni ystäviltä, kun he juhlivat asunnossamme. He eivät ehkä tarkoittaneet pahaa, mutta se korvasi heidän omaa tuntoansa. Olimme vain lapsia, joista aikuisten olisi pitänyt oikeastaan huolehtia. Menimme Nibblen kioskille ostamaan karkkia.

Syksystä lähtien veljeni käy suomenkielistä esikoulua, Vitsippan. Hänen esikouluopettajansa nimi on Marja, joka ei tuntenut silloin lukukauden alussa kaikkia meidän kotiolojamme, mutta ymmärsi hyvin pian, että kaikki ei ollut oikein. Veljeni on tullut likaisena ja huonosti puettuna esikouluun. Hän on usein sanonut olevansa väsynyt ja vaikuttaa uupuneelta, ja sitä paitsi aina ollut nälkäinen. Marjan mielestä veljeni on erittäin turvaton ja hänellä vaikuttaa olevan keskittymisvaikeuksia. Marja on ollut usein yhteydessä äitiin. Äiti on aina ollut läsnä vanhempainkokouksissa, kun on ollut kyse veljestäni. Kun veljelläni oli hinkuyskä niin äiti soitti aina Marjalle kysyäkseen neuvoja, koska äidillä vaikutti olevan hyvä yhteys ja luottamus Marjaan. Äiti vie usein veljeni esikouluun ja hänellä ei ole erityisen paljon poissaoloja. En tiedä miksi äiti teki eroa minun ja veljeni välillä, mutta hän vain teki. Äidin mielestä olin tarpeeksi vanha huolehtimaan itse itsestäni.

Marja asuu kanssamme samalla alueella ja on nähnyt usein veljeni yksin ilman vanhempia ulkona. Eräänä päivänä näin koulusta tullessani, että veljeni ja muutamat hänen leikkikaverinsa olivat leikkineet sotaa ja veljeni oli saanut kiven päähänsä ja siitä vuoti runsaasti verta. Onneksi satuin tulemaan juuri silloin kotiin koulusta, koska kotona ei ollut ketään. Naapuri auttoi sitomaan haavan.

Sosiaali tekee kotikäynnin setämme ja hänen vaimonsa luona ja heidän mielestään vaikutamme viihtyvän. Minä olen koulussa ja veljeni leikkii "omassa makuuhuoneessaan". Olemme saaneet vastaukset sekä minun että veljeni lääkärintutkimuksista. Emme saaneet kirjallista todistusta, mutta sosiaalin mielestä veljeni voi hyvin paitsi, että meillä molemmilla oli syyhy. Minulla oli myös huonot veriarvot. Viikonlopulla isä kävi kylässä. Äiti piti yhteyttä ainoastaan puhelimitse, koska hän pelkäsi tapaavansa isämme. Setämme kertoo, että perheessämme on ollut ongelmia ihan syntymästäni asti. Eräässä tapauksessa, ollessani vuoden vanha, matkustivat vanhempani pois ja setäni ja hänen vaimonsa lupautuivat olemaan jonkin aikaa lapsenvahtina, mutta vanhempani eivät antaneet kuulua itsestään mitään. He lähettivät sähkösanoman sedälleni, että he olivat matkustaneet viikoksi Suomeen. Samanlaisia tapauksia sattui usein.

Isämme sai vapaata sairaalasta, koska hän halusi kertoa oman näkemyksensä tutkimuksesta. Vanhempamme saavat tietää tutkimuksen tulokset. Isä kertoo perhetilanteesta, että hän otti avioeron 10. marraskuuta 1978 ja että äiti on kihlautunut viikonlopulla. Isämme kertoman mukaan on avioliitossa ollut paljon vaikeuksia, mutta siitä huolimatta hän muutti yhteen äitimme ja meidän lasten kanssa sen jälkeen, kun äiti oli ottanut avioeron vuotta aikaisemmin. Isä teki sen lasten takia, koska hän haluasi yrittää tehdä olomme turvallisemmaksi. Isä sanoo, että hän on vasta nyt ymmärtänyt ja yrittänyt parantaa kotioloja. Hän on huolehtinut, että minä lähden kouluun, laittanut ruokaa ym. poliisin kanssa tulleeseen välikohtaukseen asti. Hän ei ole pystynyt vamman jälkeen vaikuttamaan tapahtumien kulkuun.

Alkoholiongelmat johtuivat perheongelmista. Kaikki vaikeutui Kolbäckissa 1974. Äiti laiminlöi meitä silloin ja oli yhdessä vieraiden alkoholiongelmaisten miesten kanssa, kun isä oli töissä. Isä kertoo ymmärtävänsä, että me olemme voineet huonosti, mutta hän haluaa meidät takaisin sen jälkeen, kun hän on saanut kuntoon oman sosiaalisen tilanteensa. – "Otan mieluummin lapset kuin pullon", sanoo isä. Isän asianajaja ottaa yhteyttä lastenhuoltokonsulenttiin Birgittaan ja pyytää kirjallista tositetta koskien ilmoitusta ja tiedonantoa tutkimuksesta. Konsulentti ottaa yhteyttä Kariniin lääninoikeudessa ja antaa tiedoksi, että juridisesti ei vaadita, että asianomaisille annetaan tutkimusten tulokset kirjallisena, vaan suullinen selonteko on tarpeeksi riittävä.

Isän valvoja Keijo, joka on vastuussa meistä, raportoi joulukuussa 1978, että setämme perhe ei voi huolehtia meistä pidempään, koska molemmat ovat töissä eivätkä voi ottaa vapaata. Veljeni saa nyt olla viisi tuntia päivässä Irmeli nimisen kunnallisen päivähoitajan luona, joka asuu lähellä setää. Itse olin hieman vanhempi ja olin päivät koulussa. Saatiin päätös sijoituksesta kasvattikotiin.

Nyt sosiaali teki kotikäynnin pariskunnan Martin ja Mirjam Holmin luona. He suhtautuivat positiivisesti kysymykseen, että voisivatko he ryhtyä mahdollisesti kasvatusvanhemmiksi minulle ja veljelleni. He olivat aikaisemmin nähneet päivälehdessä sosiaalitoimiston ilmoituksen ja ottivat sen perusteella yhteyttä. Sosiaali hyväksyi Holmien kodin kasvattikodiksi Enköpingissä 23. toukokuuta 1977. Viranomaisten mielestä koti antaa hyvän vaikutuksen ja puolisot voivat kaiken todennäköisyyden mukaan antaa meille sen turvan ja hoidon mitä me tarvitsemme. Sosiaali ja Holmit ovat yhtä mieltä siitä, että he ottavat yhteyttä setäämme Artoon. Sosiaalin tiedossa ei kuitenkaan ollut, että Mirjam oli adoptoinut pois lapsensa nuorena hänen vielä asuessaan Suomessa. Mirjam synnytti tyttären, joka myöhemmin elämässään halusi yhteyttä äitiinsä, mutta Mirjam kieltäytyi. Sosiaalissa luultiin, että avioparilla ei ollut omia lapsia aikaisemmin. Uskon sillä olevan suuren merkityksen minun ja veljeni sijoitukselle tähän perheeseen, jos sosiaali olisi tiennyt tämän. Ei sen tarvitse aina olla kielteistä, ettei ole aikaisempaa kokemusta lapsista, mutta se olisi ollut alusta asti rehellisempää. Emme kuitenkaan tiedä olisiko joku toinen kasvattikoti ollut parempi tai huonompi meille emmekä voi enää muuttaa mitään.

Veljeni huostaanotettiin viisi vuotiaana ja minut kahdeksan vuotiaana lastenhuoltolain 25% a) ja 29% mukaan "tehty tutkimus on näyttänyt toteen, että meidän sekä ruumiillinen sekä sielullinen terveys vaarantuu vanhempiemme kodissa". Ensin haettiin veljeni ja muutaman viikon päästä minut, ja meidät sijoitettiin kasvatuskotiin Enköpingissä 1. joulukuuta 1978. Enköpingin sosiaalitoimisto väitti, että he ovat lain mukaan tutkineet perheen ja havainneet heidät sopiviksi ottamaan huostaansa lapset, jotka tarvitsevat turvaa, rakkautta ja huolenpitoa. Mutta kasvattivanhempia ei tarkistettu tarpeeksi, vaan panostettiin vain talouteen. Olisimmeko joutuneet sinne, jos sosiaali olisi tehnyt tarkemman tutkimuksen?

Luku 2

Alussa näyttää siltä, että sopeudumme ja viihdymme. Saimme omat huoneet, jossa oli leikkikaluja ym. Kasvattivanhemmat olivat ostaneet nahkasaappaat, vaatteita, luistimet, leikkikaluja, sukset ym. Näistä menoista he eivät halunneet mitään korvausta sosiaalilta. Kaikki tapahtui niin pian ja kohta meidät vietäisiin Suomeen tapaamaan uusia sukulaisia ja näytettäväksi. Alussa mielestämme kaikki vaikutti hyvältä. Kuinka paljon tavaroita olimmekaan saaneet! Meidät oli jo silloin ostettu. Mitä emme silloin siinä tilanteessa ymmärtäneet, tämä oli "ostettua rakkautta" – se ei ollut oikeaa, aitoa rakkautta. Minulla oli siihen asti ollut jonkinlainen vastuu veljestäni ja otin aikaisin vastuun veljestäni myös kasvattivanhempien luona. Minulla oli haave, että saisimme paremman elämän ja voisin suojata häntä kaikelta pahalta. Olin pettynyt ja vihainen äidille ja isälle kaikesta. Tilanne oli mielestäni toivoton. Tässä uudessa perheessä meillä oli paljon uusia leikkikaluja, omat huoneet, ja kaikki materiaalinen, johon emme olleet tottuneet. Kaikki muuttui hetkessä, ensin meillä ei ollut mitään, sitten meillä oli paljon.

Mitä enemmän aikaa kului tässä uudessa perheessä sitä enemmän, tunsin olevani loukkaantunut siitä, että äiti ja isä eivät voineet huolehtia miestä, vaan joutuivat jättämään meidät vieraille ihmisille, joita meidän tulisi kutsua äidiksi ja isäksi. Se tuntui todella väärältä ja teki erittäin kipeää. Veljeni tuskin ajatteli asiaa, sillä hän oli pieni, vain viisivuotias. Hän ei muista yhtä paljon kuin minä näistä perhetilanteista. Hän ei pystynyt tukemaan eikä kannustamaan minua silloin, kun minulla olisi ollut tarve puhua ja kaikki ajatukset pyörivät päässä. Ajattelin itsekseni, hänhän oli alttiimpi vaikutuksille kuin minä, tunsin itseni hylätyksi ja unohdetuksi. Ilmaisin, että en koskaan halua tavata isääni, äitiä en maininnut yhtä usein, sillä tiesin että hän ei ollut yhtä vastuuntuntoinen kuin isä. Mutta sisimmässäni ymmärsin, että hän teki parhaansa. Taistelin ja tappelin tunteiden kanssa, jotka tekivät kipeää vatsassa ja sielussa – hän oli jättänyt meidät. Hän oli kuitenkin äitimme. Olin vihainen, surullinen ja toivoton. Itkin öisin itseni uneen, mutta tunsin, että minun oli oltava voimakas veljeni vuoksi.

Kasvattivanhemmat iskostivat meihin jo aikaisessa vaiheessa, että meillä ei ollut mitään mahdollisuutta muuttaa takaisin biologisten vanhempiemme luo. Kasvattivanhempien ja sosiaalin välisessä keskustelussa kuulin heidän sanovan aivan jotain muuta. He ymmärsivät, että kun biologiset vanhempamme saavat järjestettyä elämän tilanteensa, niin me saisimme muuttaa takaisin. He sanoivat myös biologisille vanhemmille, että he olivat tervetulleita koska vaan ja että ovi on aina auki. Toivoin juuri sitä koko kasvuaikani.

Ulospäin piti kaiken näyttää täydelliseltä. He yrittivät kasvattaa ja johdattaa meitä tahtonsa mukaan. Kasvattivanhemmat olivat erittäin ystävällisiä muita henkilöitä kohtaan. Talossa vallitsi kuitenkin uhkaava ilmapiiri. Se tunne on niin inhottava ja sanoin kuvaamaton. Saimme hiipiä varpaillamme. Esimerkiksi totesimme hyvin äkkiä että emme saaneet valita ruokaamme emmekä päättää miten paljon sitä halusimme. Meidän oli pakko istua pöydän vieressä, kunnes olimme syöneet lautasen tyhjäksi, huolimatta siitä kestikö se muutaman tunnin vaiko koko päivän. Jos emme syöneet kaikkia, niin he yrittivät syöttää ja työntää ruokaa suihimme. Tämä oli mielestämme niin alentavaa, että veljeni ja minä valitsimme syödä ruoan itse, mikä aiheutti kuvotusta. Lautasella oli aina suuria annoksia, kuin olisivat halunneet lihottaa meitä. Lopuksi tuli paha olo ja tunsi itsensä lihavaksi, rumaksi ja valmiiksi oksentamaan. Meidät pakotettiin myös syömään kotitekoista lihahyytelöä, jossa oli siankarvat jäljellä, meitä oksetti. Oksennusrefleksit vaikuttivat niin, että yökkäsimme koko ajan. Se oli varmaan tarkoituskin, että tuntisimme alemmuutta ja he voisivat murtaa puolustuskykymme pala palalta niin että emme enää jaksaisi pistää vastaan, vaan vain antautua. Tunnit kuluivat ja he lähtivät pöydästä ja menivät samalla tasolla olevaan pesutupaan, ja me istuimme ja yritimme pitää ruokaa suussa. Olimme purevinamme, mutta ruoka kerääntyi vain poskiin. Jonkun ajan kuluttua, kun luulimme että he eivät nähneet meitä, hiivimme kompostipussille ja syljimme ulos ruoan ja yritimme sekoittaa sen muiden jätteiden sekaan. Mutta kasvattivanhempamme yllättivät meidät, kun he kävivät tarkastamassa, että me varmasti istuimme pöydän ääressä. Meillä ei ollut muuta vaihtoehtoa kuin kaivaa esille se mitä olimme kompostiin sylkeneet. Saimme ottaa esille myös sen ruoan, jonka olimme piilottaneet paperiin ja laittaneet taskuun.

Lapsethan haluavat kaupassa käydessään saada kaiken minkä näkevät. Meillä ei koskaan aikaisemmin ollut ollut varaa, niin että emme olleet tottuneet käymään kaupoissa ja ostamassa niin paljon yhdellä kertaa. Eli ei ollut yhtään ihmeellistä, että veljeni kanssa olimme aivan haltioissamme, kun näimme kaiken hyvän. Kuulimme kasvattivanhempiemme kertovan tuttaville ja sukulaisille, että olimme kuin hullut kaupassa – me revimme ja raastoimme kaikkea ja olimme kuin huonokäytöksiset apinat. Niin alentavaa ja loukkaavaa jopa apinoita kohtaan! Tästä sosiaali ei koskaan saanut tietää mitään eikä sitä koskaan mainittu. Kun sosiaali oli kotikäynnillä, niin istuimme samassa huoneessa kasvattivanhempiemme kanssa heidän tehdessä vakiokysymyksiä, tai sitten olimme omissa huoneissamme. Ovi ei ollut koskaan kiinni, joten emme voineet koskaan kertoa sosiaalille kuin huonosti kaikki oli. Mielestäni he eivät koskaan olleet kiinnostuneita, millainen meidän tilanteemme oikeastaan oli. Näin ajattelimme jo silloin veljeni kanssa ja näin tunnemme tänään, kun puhumme asiasta.

Meille ei koskaan luotettu kotiavainta, kasvattivanhemmat olivat niin epäileviä meitä kohtaan. Me emme saaneet mennä kotiin koulun jälkeen yksin. Emme myöskään silloin, jos koulupäivänä sattui jotain ja olimme pakotettuja menemään kotiin. Meillä ei ollut samaa turvallisuutta kuin muilla saman ikäisillä – ei ollut paikkaa mihin mennä, jos jotain odottamatonta tapahtui. Kerran tapahtui mitä ei olisi saanut tapahtua. Jos minulla olisi ollut kotiavain tai lupa mennä koulukaverin luo niin minun ei olisi tarvinnut istua paskat housuissa rappukäytävässä. Olin kahdeksanvuotias. Niin alentavaa! Siinä minä istuin ja odotin, että kasvattivanhempani tulisivat töistä, ettei minun tarvitsisi istua, hävetä ja haista. Toivoin kaikesta sydämestäni, että kukaan ei tulisi rappukäytävään ja näkisi minua siinä tilanteessa. Jos olisin lainannut naapurin vessaa, niin se olisi tullut ennemmin tai myöhemmin kasvattivanhempieni tietoon, että olin käynyt naapurissa ilman lupaa, olisin saanut rangaistuksen. Kun he viimein tulivat, nauroivat he minulle päin naamaan. Silloin häpesin vielä enemmän. He auttoivat minut suihkuun, vaikka sanoin pärjääväni itse. Pahinta mielestäni oli se, että en saanut hoitaa asiaa itse. En ole enää pieni lapsi! Tämän tapauksen jälkeen sain kotiavaimen. Todennäköisesti sillä perusteella, että naapurit eivät saisi tietää, että meillä oli tiukka kontrolli aamusta iltaan. Kaikki mitä me teimme, vahdittiin, ettei havaittu miten kasvatusvanhemmat käsittelivät meitä. Ajatelkaa jos minä olisin väärinkäyttänyt luottamusta ja olisin ottanut mukaani jonkun pihalta tai koulusta heidän tietämättä. Mikä katastrofi! Ajatelkaapa miltä tuntui tulla joka päivä koulusta kotiin, työntää avain reikään ja tuntea, että sinä et oikeastaan kuulukaan tänne. Ei koskaan saada tuntea olevansa tervetullut lapsi kotiin. Se tuntuu paljon pahemmalta kuin tapaturma rappukäytävässä, että et saa tuntea turvallisuutta ja olla pidetty sellaisena kuin olet.

Veljeäni ei kontrolloitu yhtä paljon koska hän oli niin nuori. Se tapahtui vasta kun hän oli kasvanut ja tullut teini-ikään ja tapasi meidän biologiset vanhempamme. Silloin saatiin tieto asioiden oikeasta laidasta. Hän ei muista biologisia vanhempiamme yhtä hyvin kuin minä. Mielestäni se on haitannut veljeäni hänen lapsuudessaan, kasvuiässä ja aikuistuttuaan. Veljelläni ei ollut ketään, johon samaistua. Minä kehityin fyysisesti erittäin aikaisin ja sain ensimmäiset kuukautiseni jo kymmenen vuoden ikäisenä. Veljeni saavutti myös aikaisin puberteetti-iän ja sen vuoksi aloimme kyseenalaistaa asioita. Sehän on ikään kuuluvaa. Kieltäydyimme tottelemasta ja käyttäytymästä niin kuin Martti ja Mirjam halusivat meidän tekevän. Koska me emme olleet saaneet tervettä kasvatusta niin teini-iästämme tuli erittäin hankala. Kun yritimme selittää, että voimme huonosti, niin pienimmästäkin vastarinnasta meitä rangaistiin. Meidät alistettiin psyykkisesti ja fyysisesti sanoin ja ruumiillisin rangaistuksin.

1979 kiellettiin lasten pahoinpitely. Kuulin siitä TV:stä ja otin asian esille kasvattivanhempieni kanssa. Vihdoinkin laki, joka sanoo, että vanhemmat ja muut huoltajat eivät saa rangaista lapsiaan ruumiillisesti esimerkiksi lyömällä. Ajattelin, että ehkä viimeinkin loppuisi uhkailu ja väkivalta. Laki sanoo:

"Barn har rätt till omvårdnad, trygghet och en god fostran. Barn skall behandlas med aktning för sin person och egenart och får inte utsättas för kroppslig bestraffning eller annan kränkande behandling."

Kun otin asian esille sain vastauksen – "Te ette ole meidän biologisia lapsiamme, joten sitä ei lasketa. Ajatelkaa ennen kuin olette tottelemattomia niin ehkä vältätte rangaistukset."

Joten lailla ei ole mitään merkitystä. Kaikki tapahtui salassa kauhutalossa, missä kukaan ei nähnyt eikä kuullut mitään.

Luku 3

Väärinkäyttö alkoi jo ennen teini-ikää. Niin kauan kuin muistan niin Martti ja Mirjam pakottivat meidät saunomaan kanssaan aina teini-ikään asti. Yritimme sen jälkeen mahdollisuuksien mukaan välttää saunomista samaan aikaan heidän kanssaan, jos se vain oli mahdollista. Keksimme tekosyitä kuten esimerkiksi koulutyöt, sillä se oli ainoa asia, jonka he hyväksyivät. Se oli niin sairasta! Martti käytti tilaisuutta hyväkseen istua alasti pukuhuoneen penkillä ja tuijottaa minua, kun kävin suihkussa ennen saunaa. Se tuntui epämukavalta, inhottavalta ja alentavalta! Tunsin itseni kuin paljastelijaksi, jonka olimme nähneet kotimatkalla koulusta ja josta meitä oli varoitettu, kun tämä halusi näyttäytyä alastoman lapsille. Juuri niin minusta tuntui, että Marttikin halusi näyttäytyä. Seksuaalista häirintää! Hän oli tietäen suunnitellut nähdä minut alasti. En saanut olla koskaan rauhassa, vaan aina piti olla varuillani, yötä päivää, sain jatkuvasti pelätä, että Martti tulisi lääppimään. Mirjam ei ollut tietävinäänkään vastalauseistani, vaan oli samaa mieltä miehensä kanssa. Ehkä hän ei uskaltanut muuta tai oli vain välinpitämätön. Meidän oli pakko istua suoraselkäisin, kun he heittivät vettä kiukaalle, kunnes minun verenpaineeni laski ja melkein luhistuin. Kävelin kaksin kerroin huoneeseeni, pistin maakuulleni sänkyyn ja voin erittäin huonosti, kylmähikisenä ja valmiina oksentamaan. Se oli kidutusta! Sillä ei ollut mitään väliä, kuinka paljon vastustin, vaan silloin jouduin istumaan pidemmän aikaa kuumassa saunassa tai sain ulosmenokiellon. Siinä ei ollut paljon valinnan varaa. Veljeni suuttui silmittömästi ja sanoi vastaan, mutta häntä rangaistiin ulosmenokiellolla.

Asuimme Vetlandavägenillä, kaksikerroksisessa talossa, ollessani yhdeksänvuotias. Eräänä päivänä Martti otti minut syliinsä yläkerran rappusilla. Hän käy minuun kiinni, vie kätensä housujeni sisäpuolelle, sukupuolielimiin, liikuttaa kättään ja hän huohottaa korvaani "ei tämä ole mitään vaarallista, ihan normaalia." Herpaannuin täysin. Ruumis ei totellut, voin pahoin ja pelkäsin. Sitten suutuin ja aloin riuhtoa itseäni vapaaksi hänen otteestaan. Rapun säleikön välistä näin jonkun tulevan. Mirjam tuli kotiin töistä ja se oli pelastukseni, jos sitä nyt pelastukseksi voi kutsua. Väkivalta oli jo tapahtunut. Hän irrotti otteensa minusta samalla hetkellä, kun ulko-ovi avautui ja tilanne palautui normaaliksi, aivan kuin mitään ei olisi tapahtunutkaan. Martti poistui työhuoneeseensa ja oli kuin hänellä olisi paljon tekemistä. Tuntui sekä psyykkisesti että fyysisesti ällöttävältä ja epämukavalta! Yritin selittää tapahtunutta Mirjamille niin hyvin kuin pystyin, mutta hän sulki silmänsä totuudelta, vaikka tiesi asiasta. Hän ei halunnut kuunnella minua! Tunsin häpeää ja syytin itseäni – enhän edes uskaltanut huutaa tapahtuman sattuessa. Yritin kertoa tapahtumasta omalla tavallani sopivissa tilanteissa useampaan otteeseen, mutta kukaan ei kuunnellut. Usean vuoden ajan otin kyseisen väkivallan puheeksi läheisten aikuisten kanssa, mutta kaikki eivät halunneet kuunnella. Ja kukaan heistä, jotka kuuntelivat, ei uskonut minua eikä halunnut kuulla enempää. Martti sanoi, että jos kerron asiasta saisin selkääni ja sosiaali sijoittaisi minut ja veljeni laitokseen, josta emme koskaan pääsisi pois. Ajattelin, että kukaan ei kuitenkaan uskoisi minua, joten kerroin vasta kun tulin aikuiseksi.

Tätä epämukavaa tunnetta olen kantanut koko elämäni ajan. Se on vaikuttanut myös minuun silloin kun sain omia lapsia. Olen ja olen ollut erittäin yliholhoavat omia lapsiani kohtaan ja pelännyt että heille sattuisi jotain. Olen aina yrittänyt olla lapsille saatavilla joka tilanteessa ja olla avoin kaikesta mitä tapahtuu ympärillämme ja muualla maailmassa. Tätä keskustelua, jota kasvattivanhempieni kanssa oli mahdotonta käydä, sillä he pitivät meitä rautaisessa otteessaan sekä manipuloivat meidät tekemään juuri niin kuin he halusivat. Sellaista suhdetta en halunnut omiin lapsiimme.

Joka ilta, kun olimme menossa nukkumaan Martti tuli makuuhuoneeseen koputtamatta, mutta minä kuulin askeleiden oven ulkopuolella lähenevän ja lähenevän. Hän väitti vain haluavansa sanoa hyvää yötä. Toivoin joka kerta, että olisin voinut lukita oven, mutta sitä emme saaneet tehdä, sillä he halusivat tarkkailla meitä. En tuntenut olevani koskaan tarpeeksi levännyt, sillä kauhu oli läsnä joka yö. Olin aina levoton ja stressaantunut, koska en itse pystynyt hallitsemaan kehoani ja sieluani. Meidät oli aikaisemmin opetettu rukoilemaan ja Martti selitti Mirjamille, että hän halusi kuunnella, kun rukoilin. Joka ilta meidän oli pakko polvistua sängyn viereen ja sanoa, "Levolle laske Luojani, armias ole suojani." Sen tehtyäni menin sänkyyn ja tiesin mitä tulisi tapahtumaan ja yritin vetää täkkiä niin tiukasti kuin mahdollista päälleni, mutta se ei auttanut. Hän kutitteli minua niin kauan, että aloin itkeä tai olin läkähtyä ja Martin mielestä se oli hauskaa. Näin ollen hän sai vallan ja minä oli heikko enkä voinut puolustautua. Nyt hän pääsi käsiksi kehooni ja rintoihini. Yritin piiloutua ja puolustautua täkin alla, mutta hän vain nauroi, minä huusin "lopeta!" Hän muuttui täysin, ja tuli hiirenhiljaista ja hän vain tuijotti minua. Hän menetti hallintansa ja hänen valintansa oli joko tuppautua minuun tai nauraa. Yhtäkkiä hän purskahti ivalliseen nauruun. Hänen mielestään oli hauskaa, että minä olin alakynnessä. Hän tiesi ja nautti siitä, että lapsella ei ollut mitään mahdollisuutta puolustautua. Hän istui sänkyni reunalla ja tuijotti minua sekä sanoi, että tulen saamaan uuden rangaistuksen, koska huusin ja tein vastarintaa. Tiesin jo, että hän tulee sanomaan näin, olinhan jo tottunut saamaan rangaistuksia. Mirjam tiesi tapahtuman kulusta hän näki ja kuuli kaiken, mutta ei tehnyt mitään. Siksi hän on mielestäni yhtä syyllinen rikokseen. Hän väitti ottaneensa unilääkkeitä eikä siksi kuullut mitään. Martti lääppi avoimesti myös päivisin, vaikka Mirjam oli kotona ja näki kaiken, mutta ei tarttunut asiaan silloinkaan. Kun esimerkiksi tiskasin, hän tarttui minuun yllättäen takaapäin ja oli kutittelevinaan. Hän hamuili rintojani ja piti kiinni, minä rimpuilin vastaan. Joskus ärsyynnyin ja suutuin sekä huusin, että hän lopettaisi. Aloin itkeä koska Martti ei antanut minun olla – halusin olla rauhassa. En voinut koskaan rentoutua, vaan minun oli pakko olla varuillani vuorokauden kaikkina tunteina. Olin iloinen, että yöpaitani siihen aikaan oli pitkä ja sitä oli hankalampi nostaa ylös tai vetää päältäni ja minun oli joskus helpompi suojata itseäni.

Kasvattivanhemmillani oli kesämökki kolme kilometriä Enköpingin ulkopuolella ja he kävivät sieltä töissä silloin kun olimme siellä. Kaikki kesälomat kuluivat työn merkeissä mökillä. Kitkettiin rikkaruohoja, leikattiin nurmea, siivottiin taloa, tiskattiin, pestiin ikkunoita, maalattiin seiniä, puhdistettiin rantaa, tehtiin pihatöitä ja pinottiin puita. Ei ole mitään pahaa oppia siivoamaan, mutta meille ei jäänyt koskaan aikaa olla lapsi ja leikkiä kavereiden kanssa. Ani harva ystävä sai tulla kyläilemään ja seurustelemaan. Jos meillä oli joskus joku mukana, niin Martti ja Mirjam olivat erittäin ystävällisiä vieraita kohtaan niin että he eivät epäilisi kuinka asiat todella ovat. Mökki sijaitsi kauniilla rantatontilla ja paikka oli idyllinen. Muutaman sadan metrin päässä oli kioski, josta voi ostaa muun muassa jäätelöä kesäisin. Se olisi saattanut olla unelma meille lapsille – olla kavereiden kanssa kesälomalla, nukkua mökissä, leikkiä, uida, saunoa, soudella, ajaa moottoriveneellä, kalastella ja elää elämää ja voida hyvin. Mikä unelma!

En ole erikoisemmin valittaja, mahdollisesti vähän jankuttava. Jos kieltäydyin tekemästä mitä he halusivat tai sanoin vastaan, kun en jaksanut tehdä töitä, niin sain selkääni joko koivunoksasta tai vyöstä. Se riippui vuoden ajasta, oliko risu vai ei. Lyöjä oli aina Martti. Sain aina hakea risun itse, jolla hän löi minua. Ironista kuitenkin oli se, että mökin tontilla kasvoi koivuja, aivan kuin kaikki olisi ollut suunniteltua. Hän tarttui minuun ja raahasi minut saunan pukuhuoneeseen. Martti riisui vyön, laittoi minut polviensa päälle, veti alas housut tai määräsi minut tekemään sen itse. Hän löi minua vyöllä tai risulla ja siveli samanaikaisesti pyllyäni. Huusin!

Meitä rangaistiin myös lukitsemalla meidät ulkohuoneeseen moneksi tunniksi. Ulkohuone sijaitsi puuliiterin vieressä lähellä mökkiä. Aivan samoin kuin kertomuksessa Vaahteramäen Eemelistä, joka lukittiin puuvajaan, kun hän ei totellut isäänsä ja äitiänsä, samoin saimme mekin istua lukkojen takana, jos emme totelleet kasvattivanhempiamme. Näin tapahtui riippumatta siitä mitä olimme tehneet. Joskus meidät piilotettiin tutuilta, että he eivät saisi tietää mitään tai näkisi tai kuulisi miten meitä käsitellään, tämä kaikki mahdollisten epäilyksien ja ilmiannon pelossa.

Muistan erikoisesti erään tapauksen, kun sosiaalityöntekijä oli tulossa vierailulle kymmenvuotispäiväni lähestyessä. Biologinen isämme ja meidän serkumme tulisivat hänen mukanaan. Minulla oli ylläni siniruutuinen mekko, josta pidin erittäin paljon ja tunsin itseni hienoksi siinä. Odotin isän tapaamista. Mitä hirveätä olikin aikaisemmin kokenut, niin minun oli ajateltava jotakin muuta selviytyäkseni, muistan sen niin hyvin. En muista missä veljeni oli silloin. Muistan ainoastaan, että setämme perheineen ja biologinen isämme vieraili syntymäpäivänäni ja sain olla olevinani kuin mitään ei olisi tapahtunutkaan. Minun piti välttää puhumasta kenenkään kanssa, myös sosiaaliviranomaisten, joihin en muutenkaan luottanut. Näytin heille kuitenkin joitakin lahjoja, joita olin saanut biologiselta isältäni.

Sillä hetkellä ymmärsin, sen mitä olin jo aikaisemmin alitajunnassani ymmärtänyt, että olemme joutuneet väärään perheeseen. Olin kaivannut oikeita isääni ja äitiäni. Isä vieraili säännöllisesti meidän ja kasvattivanhempien luona määrättyinä aikoina. Mietin tänään, josko isä aavisti tai tiesi jotain, mutta minä en uskaltanut kertoa hänelle mitä oli tapahtunut. Äidistä ei kuulunut paljoakaan, vaikka toivoin, että hän kävisi tervehtimässä meitä, ettei veljeni unohtaisi häntä. Kasvattivanhempani odottivat häntä turhaan. Luonnollisesti minäkin petyin, vaikka kasvattivanhempani saarnasivat, kuinka huono äiti hän oli. Tällaista ei kukaan lapsi halua kuulla. Itsestä tuntui, että kaikki oli omaa syytä.

Luku 4

Biologisten vanhempiensa suhde perustui jonkinlaiseen viharakkauteen, mikä teki heidän olonsa vaikeaksi yksin kanssamme. Isä vieraili luonamme kuukautta myöhemmin sosiaalin kanssa. Kasvattivanhempamme yllättyivät, sillä he ovat kuulleet, ettei äiti ja isä halunneet olla samassa huoneessa yhtä aikaa. Äiti väitti, että Martti ja Mirjam pelkäävät meidän valitsevan biologiset vanhempamme ja sen vuoksi ovat kieltäneet äidiltämme vierailut. Äiti väittää myös kasvatusvanhempien lahjoneen meitä, että tuntisimme vastenmielisyyttä häntä kohtaan. Ajatella kuinka oikeassa hän olikaan! Olin pakotettu puolustamaan kasvattivanhempia, niin väärältä kuin se tuntuikin, sydämeeni sattui, mutta tein sen säästyäkseni rangaistukselta. Saisimme muuten kuulla Martin ja Mirjamin haukkuvan vanhempiamme sosiaalipummeiksi ja juopoiksi. Sanoin: "on parempi, ettei äiti ja isä tule yhtä aikaa". Tilanne oli veljeni mielestä hankala ja hän lähti pois paikalta. Isä aikoi kertoa perheoikeudelle oman totuutensa.

Vaihdoimme koulua 1982. Ennen kaikkea veljeni sai uusia kavereita ja viihtyi koulussa. Minulla sitä vastoin ei ollut samaa mahdollisuutta leikkiä vapaasti kavereitten kanssa, sillä minulle asetettiin suuremmat vaatimukset. Kävin musiikkikoulua ja olin pakotettu näyttämään Enköpingin sosiaalihuollon vierailijoille, mitä olin oppinut, jotta se peittäisi sen mitä oli aiemmin tapahtunut. Jo kaksitoistavuotiaana olin pakotettu aikuistumaan, aloin protestoimaan fyysistä ja psyykkistä väkivaltaa vastaan. Sosiaali oli saanut talven aikana jostakin tietää, että veljelläni ja minulla oli ankara kasvatus, meitä lyötiin ja uhattiin muutolla, jos emme käyttäydy kunnolla. Sosiaalissa oltiin keskusteltu, että perhe saisi kotiterapeutin, mutta kasvatusvanhemmat katsoivat voivansa ratkaista ongelmat itse. Sosiaali lupautui tukemaan Marttia ja Mirjamia heidän arjessaan. Kaikki peitettiin – kukaan ei pystynyt seuraamaan tilannetta eikä meillä ollut mahdollisuutta puolustautua. Ei tälläkään kertaa!

Biologisten ja kasvattivanhempien välillä ilmeni kateutta. Isä ja äiti eivät halunneet antautua, vaan olivat siinä uskossa, että muuttaisimme taas kotiin. Se johti siihen, että kasvattivanhempamme vetivät pitemmän korren ja voittivat – kaikki kanssakäyminen biologisen äidin kanssa loppui ja suhde isään väheni. Koko ajan kasvattivanhempien luona meitä on aktiivisesti manipuloitu muun muassa aivopesemällä, ja pakotettu elämään heidän arvojensa ja normiensa mukaisesti esimerkiksi olemalla mukana kansantanhuissa, partiossa ja kuuntelemalla suomalaista musiikkia. Ulospäin olimme täydellinen perhe. Jopa paikallislehti teki reportaasin kuinka täydellisesti kasvattivanhemmat huolehtivat meistä. Kuinka voikaan olla mahdollista, että he pystyivät manipuloimaan ympäristönkin niin, ettei kukaan huomannut rikosta? Toivoimme, että jonain päivänä tapahtuisi jotain, joka saisi seinät kaatumaan ja kaikki näkisivät asioiden oikean laidan.

Nyt meillä molemmilla oli omat soittimet ja kävimme musiikkikoulua, minulla oli haitari ja veljellä viulu. Meidän oli pakko harjoitella päivittäin omissa huoneissamme niin kauan, että opimme osan musiikkikappaleesta. Muussa tapauksessa saimme jatkaa, kunnes opimme sen tai se kelpasi kasvattivanhemmille. Emmehän me kuitenkaan saaneet mennä ulos leikkimään toisten lasten kanssa ja jos saimme niin emme saaneet lopettaa leikkiämme rauhassa, sillä meille oli annettu kotiintulo aika emmekä voineet ylittää sitä. Jos myöhästyimme, saimme ulosmenokiellon. Meidän oli seurattava heidän kelloaan, kävi se sitten muutaman minuutin väärin tai ei. Heidän kellonsa mukaan elettiin.

Myös naapurit ovat vahvistaneet minulle tämän täsmällisyyden nyt kun olen aikuinen. Olen tavannut muutamia naapureitani ja kasvattivanhempieni tuttavia, jotka ovat selittäneet minulle, että he eivät uskaltaneet tehdä ilmoitusta siitä mitä he näkivät. Osalla ei ollut todisteita, kun taas toiset olivat nähneet jonkin verran fyysistä ja psyykkistä väkivaltaa. Sosiaalin vieraillessa näytimme hyvin kasvatetuilta. Heidän mielestään Martti ja Mirjam olivat kasvaneet kasvattivanhempien roolissa eivätkä enää tunteneet samaa epävarmuutta kuin aikaisemmin. Niin sairasta!

Ajan kuluessa oli kasvattivanhempien toive oman lapsen adoptoinnista ilmennyt. He olivat myös ajatelleet takaisinmuuttoa Suomeen, mutta onneksi biologiset vanhempani taistelivat sitä vastaan ja heidän haaveensa ei täyttynyt, paljolti siitä johtuen, että he eivät saaneet adoptoida meitä. Kasvattivanhemmat olivat ottaneet asian esille useita kertoja, mutta biologiset vanhempamme taistelivat vastaan. Muuten se olisi toteutunut!

Meidän tilanteemme kasvattikodissa ei parantunut aasialaisen pikkupojan adoption jälkeen. Meidän tilanteemme muuttui vielä ahdistavammaksi neljän seinän sisällä. Aasialainen poikahan oli heidän biologinen lapsensa, minkä Martti ja Mirjam selvästi osoitti alentavilla sanoilla ja fyysisellä väkivallalla, mehän olimme vain kasvattilapsia ja heidän palvelijoitaan ilman tulevaisuutta. Emme syytä poikaa eihän se ole hänen vikansa, että kasvattivanhemmat eivät ymmärrä paremmin.

Useita vuosia adoption jälkeen on ongelmat kasvaneet. Veljeni on kasvanut teini-ikäiseksi ja alkanut sanoa kaikkea epänormaalia meihin suunnattua väkivaltaa vastaan. Veljeni kertoo ja vahvistaa: -"Pahinta ei ollut kaikenlainen pahoinpitely hyppynauruilla ja muilla lyömäaseilla kuten puukoilla, saksilla henskeleillä, vöillä, risuilla jne."

Psyykkinen painostus oli pahinta – se tapa, jolla he sen tekivät sai tuntemaan, että sitä ei ollut minkään arvoinen eikä koskaan tulisi olemaankaan. Oli ihmeellistä, että vierailijat eivät reagoineet, kun jouduimme seisomaan nurkassa tuntikausia. Se ei parantanut tilannetta, että he, jotka tiesivät ja näkivät eivät tehneet asialle mitään. Emme uskaltaneet itsekään kertoa kenellekään, emme biologisille vanhemmille, sosiaalille, naapureille tai tuttaville. Ulospäin he olivat virheettömät vanhemmat, jotka kasvattivat meistä esimerkillisiä lapsia, lapsia, jotka istuivat selkä suorana omilla tuoleillaan kuin koriste-esineet puhumatta ennen kuin meiltä kysyttiin. Seurasimme uusia vanhempiamme koirien tavoin mihin tahansa he liikkuivatkin juhlatilaisuuksissa, niin kuin meidät oli pakotettu.

Katselimme surullisina, kun näimme toisten lasten leikkivän ja juoksentelevan tai menevän hakemaan kahvipöydästä houkuttelevia kahvileipiä. Seisoimme tottelevaisina paikoillamme, sillä tiesimme että meitä rangaistaisiin kaksikertaisesti kotiin tultuamme, joko ulosmenokiellolla, selkäsaunalla tai nurkassa häpeämällä.

He seurustelivat ainoastaan suomenkielisten perheiden kanssa, herrasväki kelpuutti vain jonkun yksittäisen ruotsinkielisen perheen. Nämä juhlat eivät koskaan olleet ilonaiheita minulle ja veljelleni, vaan totesimme surullisina, että emme olleet kuin toiset lapset. Meidät oli kasvatettu kovassa kurissa. Olisin lasten tapaan halunnut leikkiä toisten lasten kanssa, mutta olisin saanut helvetin kotiin tultuani, jos olisin tehnyt niin.

Nurkassa häpeäminen on yksi kasvatuskeino, jossa huonosti käyttäytynyt lapsi sijoitetaan nurkkaan määräajaksi. Tapa on vähitellen vähentynyt 1900-luvun kuluessa. Me elimme kuitenkin kasvattivanhempiemme luona 70- ja 80-luvulla ja siitä eteenpäin ja minun mielestäni nurkassa seisominen kuuluu yleiseen lapsia loukkaavaan käsittelyyn, joka sovellettiin Ruotsissa 1979. Tämä ei ollut voimassa kauhutalossa, johon meidät oli sijoitettu. Kuinka voi edes kuvitella laittavansa lasta nurkkaan?! Mikä oikeus kasvattivanhemmilla oli häpäistä meitä rankaisemalla? Onko se rakkauden osoitus?

Lapsetkin tekevät joskus väärin, myös veljeni ja minä teimme, mutta se riippui lähinnä siitä, että me emme saaneet mahdollisuutta opetella hallitsemaan aistimuksia ja virikkeitä. Uhmaikä ja teini-ikä leimaa erilaiset käyttäytymistavat ja silloin useista lapsista tulee erittäin häiritseviä. Se kuuluu kehitykseen. Me halusimme tulla vain rakastetuiksi, uskotuiksi, tulla kuulluksi ja käsitellyiksi yksilöinä. Mutta sen sijaan meitä rangaistiin laittamalla nurkkaan seisomaan ilman selvitystä, miksi. Sen harvan kerran, kun saimme mahdollisuuden selittää, niin se oli väärä. He olivat aina oikeassa!

Kun seisoimme nurkassa, kasvattivanhemmat yrittivät ohi mennessä puhua järkeä, he kysyivät, josko kaduimme mitä olimme tehneet, mutta useimmiten emme edes tienneet tai olleet muutenkaan selvillä mitä olisimme tehneet. Meidän piti pyytää anteeksi turhasta. Sisimmässäni kaikuu ja se huutaa saada yhteyttä mihin hintaan hyvänsä!

Olen ollut kostonhaluinen. En tiedä kuinka monesti olen suunnitellut kasvatti-isäni kuolemaa. Martti ei ole edes kasvatti-isä nimityksen arvoinen. Kutsun häntä vain Martiksi tai häneksi. Olen kuitenkin useaan kertaan suunnitellut pistää puukon häneen hänen nukkuessaan. Olin niin peloissani, että hän heräisin. Pelkäisin, että hän heräisi, hän oli paljon voimakkaampi kuin minä, sillä olin vain lapsi. Ajattelin, että jos sytyttäisin talon palamaan niin he kuolisivat ja minä pelastuisin tältä helvetiltä. Mutta ensin minun pitäisi pelastaa veljeni. Ja kissa! En halunnut toisille mitään pahaa, vaikka olin niin pieni ymmärsin, että siinä voisi olla oma riskinsä. Kun kaikki mahdollisuudet raivatakseni hänet pois teiltäni näyttäytyivät mahdottomiksi näin vain yhden ainoan ulospääsyn, tappaa itseni. Jollain lailla sain kuitenkin aina takaisin voimani. En halunnut suoda heille sitä iloa, että he saisivat murrettua minut niin että ottaisin itseltäni hengen. Päätin pysyä näiden neljän seinän sisällä ja jatkaa taistelua tässä helvetissä. Se oli kauheata ahdistusta yötä päivää. Ei ollut muuta mahdollisuutta näkyvissä ja minusta oli tullut taitava peittelemään tunteitani. He olivat uusia vanhempiamme ja sijoituksemme oli lopullinen eikä ollut muuta vaihtoehtoa. Me olimme vangittuja heidän kanssaan ja heillä oli mahdollisuus tehdä mitä halusivat veljelleni ja minulle. Kukaan ei voinut koskaan auttaa meitä!

Kun olin tarpeeksi vanha päästäkseni ravintolaan menin juttelemaan erään henkilön kanssa, joka oli rikollisjengin Hells Angelsin jäsen. Kysyin häneltä, jos hän voisi tehdä yhden palveluksen minulle, mutta kaduin ennen kuin olin ehtinyt kertoa mitä tehtävä sisältäisi. Olen puhunut toistenkin liigojen kanssa ja eräs henkilö halusi ottaa tehtävän vastaan ja säikäyttää heidät niin kovasti, että he eivät ikinä enää uskaltaisi kohdella ketään niin huonosti. Paljastin joitakin minuun kohdistuneista asioista, mutta jätin kertomatta ne pahimmat. Jollain lailla hän ymmärsi ja vihastui suunnattomasti. En antanut kuitenkaan sen toteutua tälläkään kertaa.

Luku 5

Veljeni kertoo koulun olevan ainoa paikka, johon hän voi paeta tunteakseen itsensä turvalliseksi. "Kotiin" tultua jatkui sama menettely, siivoa, tiskaa ja musiikkitunneille meno. Hänellä oli hyvin niukasti vapaa-aikaa ja kaverit eivät ymmärtäneet miksi hän ei saanut koskaan tulla ulos leikkimään toisten lasten tavoin. Jos hän joskus sai mennä, niin silloinkin vain tunniksi. Viiden minuutin myöhästymisestä seurasi välittömästi ulosmenokielto sekä muutama lyönti tai jonkin muunlainen rangaistus. Usein sai seistä nurkassa, kunnes jalat eivät enää kannattaneet. Ahdistelua sai kokea aamusta iltaan.

Kun olimme tiskanneet, niin lasit tarkastettiin, aina löytyi jotain vikaa. He määräsivät meidät tiskaamaan, jos uskalsin pistää vastaan, niin siitäkin rangaistiin lyömällä, nurkassa seisottamalla tai ulosmenokiellolla, joten oli paras tiskata uudestaan. Oli vain purtava hammasta ja vaiettava, mikä ei aina ollut kovinkaan helppoa. Joskus, kun katoimme kahvikupit pöytään, teimme sen heidän mielestään väärällä asenteella.

Meitä painostettiin myös koulussa. Minua kiusattiin sekä syrjittiin, sillä olinhan erilainen. En oikeastaan kuitenkaan ihmettele sitä, luokkalaiseni olivat voineet tietää, etten saanut olla heidän kanssaan koulun jälkeen, vaan minun piti mennä kotiin siivoamaan ja tekemään läksyt. Meillä oli myös erilaiset vaatteet. Emme saaneet itse päättää mitä puimme päällemme. Eräs tuttu tuli leikkaamaan hiukseni vastoin minun tahtoani, mehän emme saaneet mennä parturiin tai kampaajalle niin kuin toiset. Olisin halunnut pitää pidemmät hiukset aivan kuin muutkin yläasteiden tytöt, mutta en saanut. Hiukseni olivat järkyttävät eikä niissä ollut mitään muotoa. Kynityt ja rumat!

Kenen syy se oli? Ei ainakaan meidän! Me emme sopineet mihinkään. On luonnollisesti myös henkilöitä, joiden asiat ovat vielä pahemmin kuin meillä. On sellaisiakin, jotka eivät selviä hengissä.

Sain joskus apua muutamilta ymmärtäväisiltä luokkakavereilta, jotka puolustivat minua heitä vastaan, jotka eivät ymmärtäneet tilannetta. Puolustajani tiedostivat kotioloni. Olen heille ikuisesti kiitollinen.

Veljeni joutui eräänä talvena juoksemaan vain sortseissa ja sukkasillan 15 asteen pakkasessa Marttia karkuun, kun hän ajoi veljeäni takaa lyödäkseen häntä. Hän juoksi niin lujaa, kun vain voi, mutta lopulla hän oli niin kylmissään ja halusi tulla sisälle, mutta häntä ei päästetty. Veljeni juoksenteli ympäriinsä mutta hänen oli pakko tulla takaisin, ettei paleltuisi, koska ei uskaltanut pyytää apua naapureilta. Hän häpesi ja palasi takaisin. Martti oli aivan raivona, todennäköisesti myös peloissaan, jos vaikka veljeni olisikin soittanut naapurin ovikelloa. Veljeni oli niin kylmissään, ettei hän pystynyt edes liikkumaan. Martti olisi voinut olla hellävaraisempi veljeäni kohtaan, mutta Martti raahasi hänet tulikuumaan suihkuun, sulki oven suihkukoppiin eikä päästänyt häntä pois pitkään aikaan. Veljeni säästyi palovammoilta, mutta ihonpinnalle nousi rakkuloita eikä hän saanut mennä kouluun.

Toisella kertaa veljeäni lyötiin hyppynarulla, selässä oli pitkiä syviä jälkiä. Tällaisten kertojen jälkeen me emme osallistuneet voimistelutunneille, kehoissamme näkyi kasvattivanhempiemme kasvatusmenetelmät. Ainoastaan näkyvien Martin ja Mirjamin aiheuttamien vammojen vuoksi saimme olla sairaana ja poissa koulusta. Nehän näkyisivät voimistelutunneilla, tai vaatteiden vaihdon yhteydessä kuin myös suihkussa tai uimahallissa käydessämme. Olimme täydellisiä lapsia ulospäin, mutta sisältä rikkinäisiä.

He pakottivat meidät kanssaan kirkkoon melkein joka sunnuntai saadaksemme syntimme anteeksi. Mietin, kenen syntien puolesta kasvattivanhempamme oikeastaan halusivat meidän rukoilevan. Meidät pakotettiin myös pyhäkouluun sekä lukemaan ääneen Raamattua juhlapyhisin. He määräsivät meidät istumaan paikallamme ja opettelemaan raamatunvärssyjä, mielellään ulkoa välttyäksemme ulosmenokiellolta.

Luku 6

Vuosien kuluessa tilanteemme muuttuu jyrkästi. Martti osoitti uhkaavan käyttäytymisensä minun ja poikakaverini kotiintulon yhteydessä yöllä yhden aikaan lokakuun neljäntenä päivänä 1987. Hän seisoi piiloutuneena eteisessä ja odotti minua. Avattuani oven yritin hiipiä hiljaa sisälle, hän otti minusta kiinni, veti minua tukasta ja heitti minut ulos. Hän ennätti ottaa avaimet minulta ja sanoi "Tänne et ole enää tervetullut." Yllätyin ja järkytyin, vapisin. Tuntui kuin keho ei olisi totellut ja jalat tuntuivat raskailta, mutta ajattelin, pelasta itsesi, mene nyt äläkä koskaan palaa. Pidä nyt kiirettä ennen kuin hän tulee takaisin ja pakottaa sinut sisälle. Yritin johdatella itseäni eteenpäin lähimmän, turvaliselta tuntuvan tuttavan luo. He asuivat kolmannessa kerroksessa, heittelin pikkukiviä heidän ikkunaansa toivoen, että he heräisivät. Huusin. Tuttavani tuli lopultakin parvekkeelle. He auttoivat minua ottamaan yhteyttä poikaystävääni, joka asui toisella puolen kaupunkia. He kyyditsivät minut hänen luokseen ja yövyin hänen luonaan siihen saakka, kunnes väliaikainen asunto oli järjestetty.

Jos en olisi tänä yönä lähtenyt, emme olisi koskaan päässeet pois kauhutalosta.

Ei tosin tuntunut hyvältä jättää veljeä kasvattivanhempien luo, mutta sisimmässäni tiesin, että minun oli pakko pelastaa itseni ja että tulisin jonain päivänä takaisin hakemaan veljeni, sen olin jo päättänyt sinä päivänä, kun lähdin viimeisen kerran. Sanoin itselleni: -" Nyt lähden ja se on oikein". Jalkani tuntuivat kuitenkin raskailta, jokainen askel oli vaivalloinen, vaikka olisi pitänyt tuntua kevyeltä. Minun olisi pitänyt juosta kevyin askelin, mutta veljeni oli vielä kauhutalossa, mihin kukaan ihminen ei halunnut pistää päätään ja kohdata totuutta silmästä silmään. Minun piti jättää veljeni sinne enkä voinut tehdä mitään pelastaakseni hänet sieltä. Minut oli heitetty ulos ja olin päässyt jonkinlaiseen vapauteen. "Rakas veli, minä lupaan hakea sinut myöhemmin", sanoin itselleni. Tiesin, että häntä rangaistaisiin minun vuokseni, kuitenkin lähdin, koska ei ollut muuta vaihtoehtoa. Olin tavannut rakkauteni. Havaitsin toisenlaisen elämän kauhutalon ulkopuolella – elämän, joka oli aivan erilainen mihin olin tottunut.

Tämä Martin käyttäytyminen paljasti vakavan kriisin heidän välisessä suhteessaan, josta Mirjam ei selviytynyt. Martilla oli jonkin aikaa hysteerisiä kohtauksia, jolloin veljeäni rangaistiin muun muassa erittäin pitkillä ulosmenokielloilla. Martin ja Mirjamin keskeinen suhde kaatui veljen päälle, Martin uskottomuus, juopottelun yhteydessä ilmennyt väkivaltaisuus eikä hän myöskään pystynyt hallitsemaan kiukkuaan, vaan se kohdistui ulkopuolisiin. Sääliksi kävi myös adoptiopoikaa, jonka kasvu ei mielestäni ollut normaalia.

Kaiken tämän tapahtuneen jälkeen pyysin sosiaalilta apua hakemaan vaatteeni, polkupyöräni, muita tavaroita sekä rakkaat päiväkirjani. Niihin olin kirjoittanut hyvin paljon kauhutalossa vallitsevia epäkohtia. Olin kirjoittanut elämästämme ja niitä voitaisiin tulevaisuudessa käyttää todisteina, mutta en saanut päiväkirjoja takaisin. Toivon edelleen, että ne ovat olemassa ja että niitä ei ole poltettu. Sain kuulla naapureilta, että kasvattivanhemmat olivat polttaneet tavaroitamme takapihalla. Sitä ei ole vahvistettu vielä tänäkään päivänä, joten en tiedä onko se totta vai ei. Päiväkirjathan ovat osa minua ja kuuluvat vain minulle. Nämä voisivat todennäköisesti auttaa minua täydentämään muistiani, sillä enhän voi kaikkea muistaa. Päiväkirjat olisivat myös tukena veljelleni.

Sosiaalihuoltajat tulevat hakemaan tavaroitani. Martti käyttäytyy rauhallisesti sekä asiallisesti, joka mielestäni kuvaa, että hän on vahvasti häiriintynyt, kun hän ei reagoi vähääkään. Mirjamin kanssa ei voi edes keskustella, hän on täynnä katkeruutta minua kohtaan ja syyttää läsnä olevia sosiaaliviranomaisia, että he haluavat tehdä minusta sosiaalitapauksen. Hän kieltäytyy antamasta tavaroitani, ja vaatii, että minun täytyy hakea ne henkilökohtaisesti ja myöntää virheeni. Sosiaalihuollon edustaja toteaa, että "hän käyttäytyy enemmän tai vähemmän huutamalla ja yleisesti syyttämällä". Kun kasvattivanhemmat saavat tietoonsa, että mieluummin teen itsemurhan kuin palaan kauhutaloon, Mirjamin käyttäytyminen muuttuu vielä tasapainottomammaksi. Juuri tällä hetkellä hän ymmärsi, että hän ei enää voinut hallita eikä pakottaa minua palaamaan. Hän ei pystynyt enää määräämään minua! Hän on katkera, kun joutuu itse jatkamaan onnetonta avioliitoa, sillä hän ei uskalla ottaa askelta vapauteen ja hallita omaa elämäänsä, vaan on tapojensa vanki. Se on järkyttävää, mutta se ei ole minun ongelmani!

Hän kieltäytyy luovuttamasta joitakin tavaroitani, edes alusvaatteitani emme saaneet. Yritin saada sosiaalia ottamaan mukaansa biologisilta vanhemmiltamme saamani tavarat sekä todisteaineistoni, päiväkirjat. Mirjam väitti, että Martti oli piilottanut ne tai että minä olen itse ottanut ne jossain tilanteessa. Sen jälkeen, kun sosiaali ei pysty jatkamaan järkevää keskustelua, he päättävät lähteä talosta. Jälkeen päin olen kuullut silminnäkijöiltä, että kasvattivanhemmat ovat polttaneet jonkun verran vaatteita talon takapihalla.

Minut sijoitettiin tukiperheeseen, joka oli sama perhe, johon minä otin yhteyttä sinä yönä, kun minut heitettiin ulos. Sosiaalivirasto järjesti minulle myöhemmin oman asunnon, tukiperheen tukemana. Tästä perheestä tuli osa elämääni siihen asti, kun minusta tuli täysi-ikäinen ja pärjäsin itse. Tällöin olin 17-vuotias. Kaikki sujui paremmin kohdallani, mutta suru veljen jättämisestä kauhutaloon tulisi aina olemaan läsnä – ajattelen joka päivä hänen kohtaloaan niin kauan kuin hän olisi kasvattivanhempien luona.

Luku 7

Lukion jälkeen aloitin töissä lähihoitajana. Pidin edelleen yhteyttä veljeeni, hän joko kävi salaa luonani tai tapasimme pikaisesti koulun jälkeen, muuten hän olisi saanut ulosmenokiellon tai vielä pahemman rangaistuksen. Sain uudestaan myös läheisen yhteyden biologiseen isääni, josta nyt tuli minun holhoojani, kun en ollut vielä täyttänyt 18 vuotta. Tämä oli merkillinen tilanne, kun ajattelee, että isäni ensin tuskin sai sosiaalin vuoksi pitää minkäänlaista yhteyttä ja nyt hänestä tehtiin holhooja. Tuntuu kuin sosiaali olisi huomannut virheensä, kun he sijoittivat meidät väärään perheeseen mielestäni tekemättä perusteellista tutkimusta. He ehkä halusivat korjata oman virheensä ja puhdistaa omaa tuntoa tai pelkäsivät jonkun tekevän ilmoituksen perheoikeuteen. Mahdollisesti he eivät olleet ajan tasalla tilanteesta, mielestäni heistä olisi pitänyt tehdä poliisi-ilmoitus, jos lapset ovat joutuneet väärinkäsittelyn kohteeksi. Parannuksia täytyy voida tehdä sosiaalitoimistoissa ja virastoissa, sillä niillä on suunnaton vastuu ihmiskohtaloista – ennen kaikkea lasten.

Ei ole mitään epäilystäkään, että myös veljeni on voinut huonosti kriisistä, joka syntyi sen jälkeen, kun minut oli heitetty ulos talosta. Hän oli jo aiemmin alistettu ja heikko talossa vallitsevan ilmapiirin vuoksi, on vaikea kuvitella, miten tämä tapaus vielä vaikutti hänen elämäntilanteeseensa. Kasvattivanhemmat ja sosiaali ovat keskustelleet veljeni sijoittamisesta toiseen perheeseen tai asumismuotoon. Kasvattivanhemmat katsoivat, että tilanteen normalisointi ei ollut mahdollista heidän ja veljeni välillä. Voi vain kysyä, mitä normalisointi tarkoitti heidän mielestään.

Koko vuoden 1988 aikana ovat yhdyshenkilö ja sosiaaliviranomaiset tehneet useita vierailuja, jolloin he ovat huomanneet, että veljeni ja minun erottaminen voisi vahingoittaa häntä vakavasti. Vahinko on jo varmaankin tapahtunut. Mielestäni sosiaalin olisi pitänyt auttaa veljeäni muuttamaan pois kauhutalosta samanaikaisesti kuin minut heitettiin sieltä ulos. Kasvattivanhempien toiminta oli vaikuttanut, että hän voi jo huonosti ja tunsi surua, etten ollut tukemassa häntä. Olemme kasvaneet tähän saakka yhdessä, saman katon alla, olemme tunteneet jonkinlaista turvallisuutta toisistamme. Olen isona siskona ollut aina läsnä ja veljeni on aina pitänyt minua varaäitinään. Emme ole koskaan olleet erossa toisistamme näin pitkää aikaa.

Luku 8

Eräänä kesäkuun iltana, kun veljeni olisi pitänyt olla kotona klo 21, mutta hän tuli kymmenen minuuttia liian myöhään, niin häntä rangaistiin kahden kuukauden ulosmenokiellolla. Veljeni koki kesän "menneen pilalle". Aika sen jälkeen, kun minut oli heitetty, on ollut sietämätöntä. Veljeni teki kaiken väärin. He arvostelivat ja huomauttivat kaikesta uhkauksilla ja sarkasmilla. Mikään ei kelvannut, vaan hän joutui tekemään kaiken uudestaan, esim. siivoamaan, tiskaamaan, viemään roskat, imuroimaan tai kuinka hän kattoi kahvikupit pöytään, kuin olisi ajettu piiskalla takaa. Hän on jatkuvasti saanut kuulla ilkeitä ja kielteisiä arvosteluja biologisista vanhemmistamme. – "Kaikki isän sukulaiset ovat kusipäitä", kertoo veljeni minulle. Arvostelujensa yhteydessä he ovat sanoneet katuvansa sitä, että "he koskaan vastaanottivat pentuja ja antoivat heille ruokaa ja kodin." Psyykkinen väkivalta ja painostus sekä ainaiset tappelut lyömäaseilla ja nyrkeillä jatkuu.

Martti yritti tänä kesäkuun iltana saada otteen veljestäni heittääkseen hänet ulos, mutta se epäonnistui, sillä veljeni puolustautui. Hän on saanut useita kertoja selkäänsä hyppynarulla sekä häntä on uhattu ja naarmutettu puukolla. Martti ja Mirjam on myös hyökännyt veljeni kimppuun, jonka takia hänelle on jäänyt jälkiä ranteisiin. Oletin että veljeni olosuhteet tulevat pahenemaan **kauhutalossa**, että hän joutuisi saamaan ne tällit, jotka aiheutuisivat nykytilanteesta. Sen vuoksi annoin avaimen veljelleni, että hän tappelujen sattuessa voisi paeta minun asuntooni. Mirjam oli jollakin ihmeellisellä tavalla saanut tietoonsa, että yritin auttaa veljeäni ja ottanut avaimen haltuunsa, ja oli vaatinut, että veljeni palauttaisi sen minulle.

Kasvattivanhemmat olivat kieltäneet veljeäni puhumaan puhelimessa kenenkään kanssa, sillä he pelkäsivät, että joku saisi tietää, että häntä kohdeltiin huonosti. Tämä koski ennen kaikkea biologista isäämme, joka yritti soittaa saadakseen tietää, kuinka veljeni jaksoi. Hän oli todennäköisesti erittäin huolestunut poikansa terveydestä. Jos veljeni yritti soittaa jollekin, niin Mirjam kuunteli puhelua toisessa puhelimessa.

Martti soitti samana iltana valvojalle ja kertoi, että hän on informoinut veljeäni, että he ovat ottaneet yhteyttä Salassa sijaitsevaan poikakotiin, jonne Martti ja Mirjam oli järjestänyt veljelleni paikan. Kasvattivanhemmat ottivat asian omiin käsiinsä! Mielestäni oli outoa, että he ylipäätään ottivat yhteyttä sosiaalin valvojaan kertoakseen, että he eivät halunneet enää ottaa vastuuta hänestä. Aivan kuin veljeni ei olisi kärsinyt riittävästi, niin kasvattivanhemmat keksivät tarinan, kuinka veljeni olisi pahoinpidellyt heidän adoptiopoikaansa. Mirjamin mukaan veljeni olisi "iskenyt kyntensä" häneen, mikä ei kuitenkaan pitänyt paikkaansa. En pitäisi mahdottomana, jos tulisi esille, että he itse ovat tehneet hänelle pahaa, kuin jonkinlaisena kostona sen vuoksi että veljeni ei enää suostunut pahoinpitelyihin. Martin ja Mirjamin mielestä oli helpompi syyttää veljeäni ja tällä tavoin saada hänet sijoitettua muualle.

Veljeni ei jaksanut enempää ja jätti **kauhutalon** samana iltana, hän tuli minun luokseni. Ei ihmekään, että hän lähti siihen ainoaan tietämäänsä turvalliseen paikkaan. Hän kävi läpi erittäin vaikean tapahtumasarjan, sillä hän ei todellakaan halunnut joutua poikakotiin. Hän pelkäsi kuollakseen!

Veljeni asiat järjestyivät, sinä kesäkuun iltana 1988, appivanhempani ottivat hänet huostaansa. Perheeseen kuului myös heidän tyttärensä, joka oli silloin 11-vuotias. Oli todella onnekasta, että he asuivat samassa talossa ja samassa rapussa kuin minä ja poikaystäväni, joka on tänään aviomieheni. Puolisot kävivät töissä ja asuivat neljän huoneen ja keittiön asunnossa. He harrastivat monipuolista ulkoilua sekä olivat kiinnostuneet puutarhatöistä ja viljelystä. Perheellä on suhteellisen paljon yhteydessä sisaruksiinsa ja vanhempiinsa. He selvästi välittävät veljestäni ja että he ovat jo kauan voineet seurata tilannettamme aikaisemmassa kasvattikodissamme. Sosiaalin kotikäynnillä veljeni uudessa perhekodissa on veljeni hyvin puhelias ja kertoo positiivisessa hengessä "uudesta kodistaan". Hän on erittäin myönteinen paikan vaihtoon ja on hyvin lyhyellä ajalla muuttunut mielialaltaan. Hän vaikuttaa tyytyväiseltä itseensä ja tilanteeseensa. Hän näyttää ylpeänä koulutodistuksiaan ja kertoo, että yhtäkkiä on ollut mukava taas lukea läksyjä, sillä hän saa usein kuulla myönteisiä arvosteluja "uusilta vanhemmiltaan" sekä opettajilta. Keskustelemme aika syvällisesti siitä mitä tapahtui aikaisemmassa kasvatuskodissamme, mutta veljeni ei ole kiinnostunut aiemmista kasvattivanhemmistamme. – "Piru vieköön, haluan katsoa vain eteenpäin", hän sanoo.

Veljeni viettää sosiaalin kontaktihenkilön kanssa yhden kokonaisen päivän vuonna 1989. Tapaamisen syynä oli, että haluttiin saada käsitys, kuinka veljeni on kokenut uuteen perhekotiin sijoituksen aiheuttaman jyrkän muutoksen. He matkustivat kalastamaan Gyselen lähellä olevalle Dalajoelle ja matkan tarkoitus oli oppia tuntemaan veljeni paremmin. Saalista ei tullut, mutta se oli hyvä tilaisuus veljelleni saada kertoa, minkälaisena hän oli kokenut olonsa uudessa perhekodissa. Hän on erittäin puhelias ja antaa hyvän kuvan itsestään sekä tilanteestaan. Veljeni uudelleen sijoitus on toiminut hyvin. Hän viipyy vielä usein kaikessa kielteisessä mikä on tapahtunut **kauhutalossa** ja siinä mitä tapahtui muuton yhteydessä. Ainoana ongelmana hänen itsensä mukaan on, että hän ei ole saanut kesätöitä eikä ole saanut vastausta jatko-opinnoista syksyllä.

Uuden perheen kasvattiäiti kertoi, että jos veljeni sattui tekemään jonkun pienen virheen, joka ei oikeastaan ollut virhe, vaan johtui epävarmuudesta, niin hän pelkäsi kuollakseen saavansa selkäänsä. Kauhu näkyi hänen silmistään. Kerran veljeni ajellessa mopolla hän joutui auton kanssa kolariin risteyksessä, siinä olisi voinut käydä oikein huonosti. Kotiin tultuaan hän käyskenteli edes takaisin, kunnes uskalsi kertoa kasvattiäidille mitä oli tapahtunut. Veljeni ei ollut tottunut, että joku ylipäätään kysyisi kuinka hän yleensä voi tai onnettomuuden sattuessa. Olimme tottuneet saamaan ulosmenokiellon ja rangaistuksen. Hän yllättyi, kun kasvattiäiti kysyi, niin, kuin normaali vanhemmat kysyivät, josko hän oli loukannut itseään. Tämä eroavaisuus vahvistaa sen minkä itse olemme koko ajan tienneet, mutta toiset eivät ole huomioineet.

Mielestäni veljelläni olisi ollut tarve saada keskustella jonkun puolueettoman henkilön kanssa, jolla olisi tietoa ja mahdollisuutta antaa ammattiapua kaikkeen kauheeseen, jota meille tapahtui kasvumme aikana. Tuntuu kuin apu olisi tullut aivan liian myöhään. Olemme kaikki erilaisia ihmisiä ja kaikilla on erilaiset lähtökohdat ja näkemykset ongelmien ratkaisuun, myös tilanteissa, joita itse et ole aiheuttanut, kuten meidän tilanteessamme. On täysi työ yrittää selviytyä ja katsoa eteenpäin uudessa kasvattiperheessä, jossa veljeni on yrittänyt rakentaa itseluottamusta ja luottamusta uusiin ihmisiin.

Veljeni ollessa 18-vuotias hän lopetti lukion verstastekniset opinnot ja muutti omaan asuntoon. Kasvattiäiti seurasi hänen mukanaan Enköpingin sosiaaliin saadakseen veljelleni taloudellista apua. Sosiaalivirasto oli pohtinut, että ei ollut heillä vastuuta veljestäni, vaikka hän oli kasvattilapsi Enköngin kunnassa. Kasvattiäiti ärsyyntyi ja sanoi asian tarkastajalle: - "On outoa, että osa Ruotsiin tulleista siirtolaisista saa rahaa ja asunnon! Silloin ei ole ongelmia! Kasvattilapsemme ei saa tarvitsemaansa apua". Naispuolinen sosiaalityöntekijä ärsyyntyi, nousi ylös ja lähti huoneesta. Vaikka veljeni oli asunut Enköpingin kunnassa melkein koko ikänsä häntä ei voitu täällä auttaa, vaan hän joutui kääntymään Hallstahammarin kunnan puoleen, jolla oli ollut vastuu kasvattikotisijoituksestamme. Lopuksi hän sai apua yhdyshenkilöltämme Keijo Piiraiselta, joka oli ollut isän valvoja. Hän oli auttanut meitä koko ajan pienestä pitäen aikuisikään asti. Veljeni sai lopultakin uuden alun elämälleen ja vakituisen työn. Tänään hänellä on neljä ihanaa lasta.

Luku 9

Minä ja mieheni saimme tyttären 1989. Meistä tuli vanhempia ja aloimme rakentaa perhettä. Samanaikaisesti aloin työstää menneisyyttäni. Erilaiset tilanteet muistuttivat minua päivittäin siitä, kuinka vaikeaa minulla ja veljelläni oli ollut. Silloin havaitsin, että en ollut työstänyt kaikkea kokemaani. On jolloin lailla onni, että muistan menneisyyteni voidakseni käsitellä tunteita, jotka nousevat pinnalle ja jotka aikaisemmin olen työntänyt syrjään. Moni ihminen ei muista, mitä on tapahtunut eikä voi siksi työstää tunteitaan, jotka ovat jättäneet jälkensä. On tunteita, jotka jatkuvasti muistuttavat, kuinka huonosti voi, mutta ei kuitenkaan selvitä miksi voi huonosti.

Poikamme syntymän jälkeen 1992 aloimme taas pitää yhteyksiä kasvattivanhempiimme. Mieheni tapasi sattumalta Martin kaupassa ja he juttelivat keskenään. Mieheni kysyi: - "Kauanko tällaista jatkuu?" He syyttivät minua ja veljeäni kaikesta tapahtuneesta. Heidän mielestään kaikki oli meidän syytämme ja he käyttäytyivät kuin meitä ei olisi koskaan ollutkaan. Uskon että mieheni halusi vain hyvää. Luulimme, että myös kasvattivanhempamme olivat miettineet tekojaan ja oppineet jotain siitä, kuinka he olivat käsitelleet meitä lapsuudessamme ja nuoruudessamme. Sisimmässäni olin vastaan koko tilannetta, että alkaisimme pitää yhteyttä taas. Koko sisimpäni huusi "Ei!"

Tunsimme itsemme ristiriitaisiksi. Jollain lailla olin vieläkin alistettu, aivopesty ja herkkä. En ollut työstänyt kaikkea tapahtunutta enkä kerennyt rakentaa itseluottamustani, jos tapaisin kasvattivanhemmat jossain. Asuimmehan samassa kaupungissa. Oletin heidän muuttuneen ja nyt kun olimme saaneet lapset, olisi tilanne voinut olla toisenlainen. Minä tunsin itseni kuitenkin voimakkaammaksi! Oikeastaan annoin heille mahdollisuuden – miksi? Se on hyvä kysymys. Uskon edelleenkin, että ihminen voi muuttua.

Olimme kanssakäymisissä jonkin aikaa niin kuin mitään pahaa ei olisi tapahtunut lapsuudessamme. Mitään ei mainittu, mutta olin koko ajan varuillani. Tunsin itseni hermostuneeksi ja tartuin esille tulleisiin asioihin. Olin turhautunut ja ärsyyntynyt ja seurasin tarkkaan lapsiamme. Olin ajan tasalla koko ajan. Minut oli pakotettu toimimaan näin – minusta oli tullut valpas! Kasvattivanhemmat kietoivat meidät siihen uskoon, että he olisivat muuttaneet käytöstään. He ostivat tavaroita lapsillemme ja hemmottelivat heitä, kun kävimme heillä kylässä. He tekivät kuitenkin eroa tyttäremme ja poikamme välillä. Poikamme vaikutti arvokkaammalta ja heidän suhtautumisensa häneen oli aivan erilaista. Kasvattivanhempien mielestä pojat olivat enemmän arvoisia kuin tytöt, minkä huomioin ja yritin korjata. Mieheni ja minä halusimme, että lapsemme saisivat tasa-arvoisen kasvatuksen eli molempien lapsien tulisi olla samanarvoisia, sukupuolesta riippumatta. Mielestäni tämä oli jollain lailla sairasta enkä osaa selittää miksi tunsin vastenmielisyyttä. Vaikutti kuin he olisivat yrittäneet saada lapset pitämään enemmän heistä kuin meistä, kuin he olisivat halunneet lasten kääntyvän minua/meitä vastaan ja että he riitaantuisivat keskenään. Tämä oli kuin punainen lanka muistini mukaan siitä mitä veljeni ja minä olimme saaneet kokea – että he halusivat erottaa meidät yrittämällä saada meidät kantelemaan toisistamme, koska olimme voimakkaita keskenämme. Sama koski lapsiamme – he olivat voimakkaita yhdessä.

Olimme kanssakäymisissä muutaman vuoden ja sinä aikana Martti kiihtyi useaan kertaan sen takia, kun minulla ei ollut samaa näkökantaa ja mielipidettä asioista, joista keskustelimme. Sanoin vastaan enkä myötäillyt kaikkea mitä hänen mielestään oli oikein. Martti ei voinut hyväksyä, että minulla oli oma tahto eikä hän voinut luopua ajatuksesta, että minäkin voisin olla joskus oikeassa. Hän jankutti asiaa niin kauan, kunnes jompikumpi meistä väsyi ja ärsyyntyi, hänen oli saatava viimeinen sana. Minun oli paras olla hiljaa ja niellä mielipiteeni, vaikka olisinkin ollut oikeassa. Hän halusi näyttää mahtinsa. Martin mielestä naiset ovat aina väärässä, ja hän aina oikeassa. Mirjam ei uskaltanut sanoa vastaan, vaan hänen mielestään meidän pitäisi unohtaa ja mennä eteenpäin kuin mitään ei olisi tapahtunutkaan. Hän piiloutui Martin selän taakse ja "lakaisi kaiken maton alle". Tämä oli heidän mahtitaisteluaan.

Minusta alkoi vahvasti tuntua siltä, että tämä ei ollut oikein – kasvattivanhemmat eivät tule koskaan muuttamaan käytöstään. Miksi olisin kanssakäymisissä näiden ihmisten kanssa ja uhraisin energiaani suhteeseen, josta en saa mitään. Miksi, sillä tiedän, että he eivät tule koskaan tunnustamaan virheitään tai pyytämään anteeksi sitä mitä ovat tehneet minulle ja veljelleni? Tätä traumaa, joka seuraa meitä koko elämämme. Miksi alistaisin mieheni ja lapsemme tähän jatkuvaan käsittelyyn? Tunsin, että olen tullut voimakkaammaksi, mutta vaikenin tilanteen rauhoittamiseksi. Sillä tiedostin, että siitä ei seuraa hyvää, jos sanon vastaan, vaikka tiesinkin olevani oikeassa. Minä olen, ja olen ollut, enemmän aikuinen kuin kasvattivanhemmat tulevat koskaan olemaan.

Eräänä iltana se sitten tapahtui mitä olin jo kauan osannut odottaa. Meidät oli kutsuttu päivällisille. Minä, mieheni, kolmevuotias poikamme ja kuusivuotias tyttäremme tulimme kasvattivanhempiemme luo. Kuten niin monesti aikaisemminkin päivällisen aikana Martti ja minä aloimme keskustella. Hän yritti vakuuttaa minulle, että hän oli oikeassa ja hän pystyi tukkimaan suuni. Olin jo pitemmän aikaa rakentanut ja vahvistanut itseluottamustani sekä tunsin, että en voi alentua hänen tasolleen ja vain olla samaa mieltä kotirauhan säilymisen vuoksi. Kaikki tuntui niin väärennetyltä ja kierolta. Kun sanoin Marttia vastaan, niin hän raivostui ja uhkasi, että jos en antaudu, niin emme olisi enää tervetulleita heille. Meillä ei olisi mitään tekemistä siellä. Hän nousi pöydästä ja käyttäytyi yhä hyökkäävämmin. Hän työnsi meitä ulko-ovea kohti. Lapset pelästyivät ja alkoivat itkeä. Tilanne muodostui kaaosmaiseksi. Tämä johti siihen, että Mirjam yritti tasoittaa tilannetta ja tarttui poikaamme lohduttaen sanomalla "kaikki järjestyy". Hän ei välittänyt tyttärestämme, joka seisoi vieressämme, kun yritimme väistää ja rauhoittaa tilannetta saadaksemme ulkovaatteet päällemme. Peräännyimme talosta itkevien ja pelokkaiden lasten kanssa. Tyttäremme oli Mirjamin mielestä tarpeeksi suuri selvitäkseen itse, vaikka hän seisoi siinä ja itki. Mieheni oli saanut tarpeekseen ja tarttui tilanteeseen puolustamalla minua ja lapsia. Minä järkytyin ja suutuin itselleni, sillä sisimmässäni olin koko ajan tiennyt, että me emme voineet olla tekemisissä kasvattivanhempieni kanssa. Samanaikaisesti olin vihainen, että kasvattivanhemmat saivat jatkaa käyttäytymistään eikä kukaan sanonut, ettei se ei ollut hyväksyttävää. Näin minulle varmistui, että ei kannattanut enää olla minkäänlaisissa kanssakäymisissä näihin ihmisiin. Pahinta oli, että lapsemme joutuivat näkemään tämän. He muistavat vielä nytkin tapahtuman, vaikka ovat jo aikuisia. Mutta onneksi he eivät muista tapausta yhtä uhkaavana kuin minä mieheni koimme sen. Tiedän, että veljeni, biologinen isäni ja läheisemmät ystävämme olivat varoittaneet, että kasvattivanhemmat eivät tule koskaan parantamaan tapojaan eikä tunnustamaan virheitään eikä meille tekemäänsä väkivaltaa, he eivät oikein ymmärtäneet miksi annoin heille toisen tilaisuuden. Edes minun sisäinen voimani ei pysty muuttamaan ihmisiä. Kun minut heitettiin ensimmäisen kerran ulos 17-vuotiaana **kauhutalosta**, niin juuri tänä iltana tuntui samalta. Päätin tällä kertaan, etten enää koskaan altista perhettäni vihalle ja väkivallalle. En koskaan!

Aloitin terapian muutamaa vuotta myöhemmin. Keskusteluissa olin pakotettu kohtaamaan taas kauhunhetket, osoittaakseni itselleni miten voimakas minusta oli tullut. Olin pakotettu toteamaan, että kaikki mitä oli tapahtunut ja minkä kohteeksi olimme joutuneet ja ei ollut meidän syymme. Palasin takaisin **kauhutalolle**, soitin ovikelloa ja yritin saada Marttia ja Mirjamia tunnustamaan kaiken – väkivallan, väärinkäytön, psyykkisen ja fyysisen pahoinpitelyn. Sain vahvistuksen jo tietämääni – he eivät koskaan tunnustaisi tekemiään rikoksia.

Luku 10

Vuodet kuluivat ja minä etsin biologisia juuriani. Matkustin Ouluun tapaamaan sukuani sekä isäni että äitini puolelta. Se oli tunteikas matka, sillä en ollut tavannut sukua sen jälkeen, kun minut ja veljeni sijoitettiin kasvatusperheeseen. Äitiäni en ollut tavannut 20 vuoteen. Meidät vastaanotettiin lämmöllä ja tuntui siltä kuin emme olisi koskaan olleet erossa toisistamme. Joitain henkilöitä ja paikkoja muistin jo lapsuudestani. Veljeni ei tosin muistanut sukulaisiamme, sillä hän oli erittäin pieni, kun lähdimme Suomesta vanhempiemme kanssa. Serkkumme asuivat Ruotsissa, kun olimme pieniä, mutta heikon taloudellisen tilanteen vuoksi he olivat pakotettuja muuttamaan takaisin Suomeen, jossa koko biologinen sukumme asui. Alkujaan oli tarkoitettu, että meidät sijoitettaisiin biologisen setämme perheeseen lyhyeksi ajaksi.

Olin kahdeksanvuotias, kun näin äitini viimeisen kerran, heilutin hänelle hyvästit valkoisen Mercedeksen takapenkiltä. Luulin, että emme enää koskaan näkisi. Meille molemmille oli tapahtunut paljon ja nyt saisin tavata hänet uudelleen. Tunne sydämessäni on jäljellä siitä, kun hän jätti meidät, mutta nyt valtaa enemmänkin rauhaton tunne, sillä olen saanut tietää, että äidin huonot miessuhteet ovat vaikuttaneet häneen, niin että hän ei ole voinut hyvin. Minulle oli tärkeää saada tavata hänet ja keskustella tapahtuneista. Oli myöskin tärkeää saada selville, kuka hän on ja kuka minä oikeastaan olen. Toivottavasti saan hänen näkemyksensä siitä, minkälaista elämä oli ennen kuin kaikki romahti, vaikka olimme kuulleet isän version, tuttujen ja muiden sukulaisten näkemyksen tilanteesta aikaisemmin. Pohdin kuitenkin, keitä muistutamme – äitiä, isää tai jotain muuta sukulaista? Tai emme ketään? Toivoin, että biologiset perinteet, esimerkiksi taiteellisuus, jota on minulla, veljelläni ja lapsillani, olisi voimakkaampi kuin vaikutus, jonka olemme saaneet uhkaavassa ja kielteisessä ympäristössä. Alkoholiongelmat kotiympäristössämme ovat seuranneet meitä koko kasvumme ajan ja tehneet meihin syvän vaikutuksen. Toivon että alkoholismi ei saa yliotetta minusta eikä veljestäni, sillä suvussamme ei ollut montaakaan raitista, ei isän eikä äidin puolelta.

Olisi hyvä saada tietää kuka todella on, oppia tuntemaan itsensä ja löytää oman persoonallisuutensa. Vain minä pystyn vaikuttamaan mitä tietä elämässäni kuljen riippumatta kokemuksiani uhkasta ja väkivallasta. Niin kauan kuin pystyy ymmärtämään, että voi muuttaa tulevaisuuttaan. Kaikkea lapsena kokemaani en muista. On kuitenkin positiivista, että sen minkä muistan voin kertoa lapsillemme niin että heillä on mahdollisuus ennalta ehkäistä ja vaikuttaa omaan kasvuunsa. On myös ollut hyviä aikoja biologisten vanhempiemme kanssa, vaikka emme muistakaan kaikkea.

Isä matkusti kanssamme Suomeen tapaamaan sukulaisiaan, ennen kaikkea, että tapaisimme hänen sisaruksiaan. Vasta silloin huomasimme, että hän oli kertonut meistä ja kuinka meillä oli tänä päivänä, ja sen takia meidän oli helpompi keskustella siitä, mitä meille oli tapahtunut. Emme sivuuttaneet niitä pahimpia tapauksia, sillä se ei olisi mukavaa niistä keskustella kahvin pöydän ääressä. Myös isä ja äiti tapasivat ja sen huomasi kuinka hyvin he tunsivat toisensa siitä huolimatta, etteivät he olleet jutelleet toistensa kanssa moneen vuoteen. Heidän suhteensa ei ollut päättynyt onnellisesti - ei heidän keskenään eikä meidän lasten kanssa. He laskivat leikkiä keskenään niin kuin mitään ei olisi tapahtunut ja huomioin, että vanhempiemme välillä oli rakkautta. Isä ei ole koskaan puhunut pahaa tai sanonut alentavaa äidistä minulle, vaikka hän on ollut pettynyt ja vihainen äidin tekemisiin.

Kerkesimme matkustaa kolme kertaa isäni kanssa Suomeen. Ensimmäisellä kertaa tapasimme äitini, toisella kerralla matkustimme isän veljen hautajaisiin ja kolmannella kerralla menimme äidin hautajaisiin.

Minulla ja biologisella isälläni oli hyvä suhde, emmekä asuneet kaukana toisistamme. Hän oli erittäin pidetty perheessämme ja sekä lähiympäristössään. Alkoholiongelmat vaikuttivat suurelta osin hänen elämäänsä kuten myös meihin ympärillä oleviin. Huolehdin isästäni ja autoin häntä muutossa, taloudellisesti, olin mukana lääkärikäynneillä, ostoksilla ja hain hänet joskus pois, kun alkoholi oli ottanut yliotteen. Ajoittain hän ei selviytynyt kotiinsa omin päin. Isä vietti ajoittain muutamia kuukausia alkoholiparantolassa ja oli olemassa vaara, että hän ei selviäisi hengissä. Ennen katkaisuhoitoon menoa hänellä oli molemminpuolinen keuhkotulehdus ja hänellä oli myös nestevajausta. Parantolasta tuli pelastus ja onneksi hän selviytyi. Uskallan väittää, että tunsin isäni erittäin hyvin, vaikka emme olleet eläneet yhdessä. Ihmettelin kuinka paljon hän muisti vuosista minun, veljeni ja äitini kanssa. Yhtenä myönteisenä asiana muistan, että meillä oli veljeni kanssa siellä missä asuimme oma huone. Minulla oli oma levysoitin, ja kuuntelin tyttöystäväni kanssa Baccaraa, Elvis Presleytä ja Abbaa. Kuvittelimme olevamme Agnetha Fältskog ja Anni-Frid Lyngstad. Muuten kuuntelimme enimmäkseen suomalaista musiikkia. Isä kertoi jonkun verran menneistä ajoista, luulen, että hän halusi minun tietävän vain ne hyvät asiat lapsuudesta. Hän ei halunnut, että muistaisimme alkoholiongelmat, ahdistukset, arkipäivän vaikeudet ja että meidät sijoitettiin kasvattikotiin, koska äiti ja isä eivät voineet huolehtia meistä. Isä kertoi myös, että äiti ei ole ottanut vastuuta meistä silloin kun hän oli töissä, vaan oli lähtenyt tanssimaan, vaikka hänen olisi pitänyt olla meidän kanssamme niin kauan kuin isä tuli kotiin. Äiti ei pysynyt kotona, kun isä oli töissä, hänestä ei ollut kotirouvaksi.

Isä huomasi erään työpäivän jälkeen kotiin tultuaan, että kun hän meni makuuhuoneeseen, että siellä makasi vieras nainen sängyssä, mutta se ei ollut äiti.– " Kuka sinä olet?", isäni kysyi. – "Minä olen lastenpiika, vaimosi on tanssimassa", hän vastasi. Tällä kertaa äiti oli kuitenkin vastuuntuntoinen eikä jättänyt meitä yksin, vaikka isäni ihmettelikin sängyssä olevaa naista.

Äiti oli hankkinut lastenvahdin mennäkseen huvittelemaan. Hän tunsi jonkinlaista rauhattomuutta eikä hänellä ollut yhtä suurta vastuuntuntoa kuin isällä. Äitini ei ollut uskollinen avioliitossaan, hän oli toisten miesten kanssa. Isän ja äidin juhlat loppuivat usein äänekkäisiin riitoihin. Luulen äidin aiheuttaneen riidat, joka johtui siitä, että hänellä oli halu usein flirttailla vieraiden miesten kanssa. Isäni oli äkkipikainen juodessaan alkoholia. Ennen kaikkea silloin kun hän oli yhdessä remuavien kavereiden kanssa. Heidän juhliensa meteli kuului aina rappukäytävään asti. Kun joskus heräsin yöllä niin asunnossamme oli hiiren hiljaista. Kaikki olivat lähteneet, myös äiti ja isä, jäljellä olimme minä ja veljeni aivan yksin ilman aavistustakaan, minne he olivat lähteneet ja koska tulisivat.

Muistini mukaan en koskaan kuullut isäni sanovan pahaa sanaa äidistä, mutta muistan äidin maininneen "tiedäthän, että isäsi ei ole aina ollut enkeli ".

Tuntui siltä, että isä halusi pyytää anteeksi, että äiti ei pystynyt parempaan, ja kaikesta mitä hän ei voinut antaa meille. Isä oli usein surullinen ja lähellä purskahtaa itkuun, sillä hän tunsi itsensä niin voimattomaksi, koska ei pystynyt tekemään enempää vuoksemme. Tai sitten hän suuttui, kun puhuimme siitä, miten kasvattivanhempamme ovat käsitelleet meitä. Oletan, että isä kärsi eikä hän voinut antaa itselleen anteeksi että meidän elämämme ei muodostunut sellaiseksi kuin hän olisi toivonut. Sanoin kuitenkin isälle, että hän ei enää ajattelisi asiaa. Hän ei voinut tietää, että kasvattikoti ei ollut hyvä perhe eikä hän voinut vaikuttaa siihen mihin me jouduimme.

Olen monella lailla isäni kaltainen – järjestyksellinen ja täsmällinen, tunnollinen, työnarkomaani, hallitsija ja teen monta asiaa yhtä aikaa. Isä ei pystynyt hallitsemaan alkoholiriippuvuutta. Hyvin voidessaan hän siivosi, imuroi, pyyhki lämpöpatterit, keräsi tavaroita kokoon ja pesi pyykkiä. Hän kävi kaupassa, laittoi ruokaa itselleen ja suunnitteli ruoanlaittonsa. Hänellä oli kaksi kissaa, joista hän huolehti, maalasi tauluja ja piirusteli pienille paperin palasille. Hän teki myös pieniä veneitä tulitikuista, jotka muistuttivat rahtilaivoja, joissa hän oli ollut nuoruudessaan töissä. Hän oppi merellä ollessaan kokin taidot. Aikuistuttuani sain syödä isän tekemää ruokaa. Se oli maukasta ja hyvää – silakkalaatikkoa, suomalaista makkarasoppaa ja kastiketta, joka oli muhinut useita tunteja. Se oli tärkeää, sanoi isä, silloin tuli kastikkeeseen hyvä maku.

Isä ei ollut koskaan ilkeä meitä kohtaan, vaikka hänellä oli sairaus, alkoholismi. Sairaudestaan huolimatta isällä oli siveellinen ja moraalinen asenne minua ja veljeäni kohtaan. Hän oli kiltein henkilö, jonka tunsin. *Liian* kiltti! Hänen oli vaikea kieltäytyä. Moni käytti hyväkseen hänen anteliaisuuttaan ja sen vuoksi hän joutui sekä kruunuvoudin kirjoihin ja suhteisiin, jotka eivät olleet erityisen hyviä hänelle. Nämä voivat olla sellaisia syitä, joihin helposti kaatuu, pitääkseen puoliaan yhteiskunnassa pitää olla terve ja voimakas. On helppo joutua ulkopuolelle. Sinne voi joutua kuka tahansa, riippumatta lähtökohdista ja asemasta yhteiskunnassa. Kuka tahansa voi sairastua ja pudota yhteiskunnan ulkopuolelle, jos ei osaa pitää itsestään huolta.

Minä ja veljeni olemme kaiken aikaa tienneet, että meillä on myös pikkusisko, joka on adoptoitu ja että meillä on sama äiti. Saimme tavata sisareni ensimmäisen kerran, kun hän tuli vuoden vanhana äitimme ja tulevien adoptiovanhempiensa kanssa kasvattivanhempiemme luo. Äiti ei halunnut päästää otetta pikkusiskosta, vaan yritti huolehtia hänestä taitojensa mukaan, kunnes se ei enää toiminut. Oli järkyttävää tietää, että äiti voi sisimmässään niin huonosti, että hän ei pystynyt pitämään huolta itsestään sekä hän ei ehkä saanut sitä apua tai ei ottanut vastaan apua, jota hänelle tarjottiin. Luultavasti hän ei puhunut kenellekään tai ei halunnut – vanhojen perinteiden mukaan ei saanut valittaa. Hän tulee ankarista kotioloista, jossa hänet oli kasvatettu katsomaan eteenpäin ja jättämään vanha taakseen. Mutta sehän ei toimi elämässä. Joskus tarvitaan tukea, kannustusta ja apua jaksaakseen itsensä ja muiden kanssa.

Vasta 1999 veljeni, minä ja perheeni saimme tavata taas sisareni. Hän oli silloin 16-vuotias. Hänen kasvattiperheessään asui myös toinen kasvattilapsi, tyttö, josta tuli hänen kasvattisisarensa. Kävimme tapaamassa häntä ja adoptiovanhempiaan keskiruotsissa. Meidän täytyi ottaa yhteyttä ensin Enköpingin sosiaaliin, joka vuorostaan otti yhteyttä adoptiovanhempiin, jotka antoivat meille luvan tulla tervehtimään sisartamme. Se johti siihen, että minulla on tänään erinomainen ja läheinen suhde sisareemme. Olen onnellisessa asemassa ja se tuntuu hyvältä.

Kun vihdoinkin sain mahdollisuuden oppia tuntemaan äitimme, niin hän sairastui aivoverenvuotoon. Kaikella todenmukaisuudella hän oli saanut aivoverenvuodon suihkussa ja jäänyt sinne makaamaan. Epämääräisissä olosuhteissa olivat tuttavat löytäneet hänet ja raahanneet hänet sänkyyn, koska lattialla oli verisiä jälkiä. Sen jälkeen he soittivat ambulanssille, ja kun ambulanssihenkilökunta tuli paikalle niin he löysivät hänet sängystä, mutta soittajat olivat hävinneet jäljettömiin. Hän kuoli sairaalassa seuraavana päivänä. En kerennyt jättämään hyvästiä. Olisin toivonut, että sisarellammekin olisi ollut mahdollisuus tavata äitinsä. Veljemmekään ei ollut tavannut häntä kuin pienenä. Me sisarukset olimme suunnitelleet yhteistä lomamatkaa Suomeen, mutta emme ehtineet tehdä sitä. Matkustimme sitä vastoin hautaamaan äitimme. Tiedän kuinka paljon se olisi merkinnyt meille sisaruksille.

Henkilöt, jotka tunsivat äitini, ovat kertoneet minulle, että äiti oli saanut pienenä selkäänsä isältään. Hän kasvoi perheessä, jossa pojat olivat enemmän arvoisia kuin tytöt. Isoäitini vahvisti myös, että isoisäni oli kasvattanut äitini ankarassa kurissa. Äitini hautajaisten jälkeen isoäitini kertoi katuvansa, ettei hän ollut päättäväisempi kasvatusasioissa, mutta ajat olivat toiset silloin.

Muistan omat sanani silloin - "Minun olisi pitänyt pitää lupaukseni, että äitini haudattaisiin veljiensä kanssa. Nyt hän makaa omassa haudassaan, aivan yksin. Nyt hän tulee vihastumaan minulle. Nyt hän makaa siellä missä makaa. Emme voi kaivaa häntä ylös". Äitimme kuoli aivoverenvuotoon, aivan liian nuorena vain 57-vuotiaana.

Äiti oli elänyt vaikean elämän vaikeissa suhteissa, täynnä uhkaa ja väkivaltaa. Ollessani 29-vuotias tapasin äitini viimeisen kerran. Hän näytti aika siistiltä lyhyissä hiuksissaan, hänellä oli yllään vihreä pusero, vaaleansininen farkkujakku sekä lyhyt musta hame. Äiti näytti ehkä hieman nääntyneeltä, mutta parakissa oleva asuntonsa oli siisti ja järjestyksessä. Äidin kertoman mukaan hän oli tullut raskaaksi lähes 50-vuotiaana, mutta tehnyt abortin sillä hän katsoi olevansa liian vanha. Hän kaipasi meitä lapsiaan. Emmehän olleet hänen luonaan. Äiti selitti, että hän olisi mielellään pitänyt tämän lapsen, jos hän ei olisi ollut niin vanha. Hän mainitsi myös, että hän söi lääkkeitä ja yhdessä alkoholin kanssa se olisi raskaana olleelle ollut kohtalokasta. Olin hänen kanssaan samaa mieltä, että päätös abortista oli oikein. Todennäköisesti lapsi olisi vammautunut voimakkaiden lääkkeiden ja alkoholin väärinkäytön vuoksi. Se ei olisi ollut oikein lasta kohtaan silloinkaan, jos se olisi jäänyt eloon. Parakit, joissa äiti asui, oli tarkoitettu väliaikaisasunnoiksi nikkareille, jotka olivat töissä alueella. Nyt näitä parakkeja käytettiin asuntoina henkilöille, joilla oli vaikeata saada asuntoa muulla tavalla. Olen säilyttänyt tämän tapaamisen hyvänä muistona äidistäni.

Äiti kuoli 2008. Sen jälkeen, kun menimme hänen asuntoonsa, niin se ei ollutkaan yhtä siisti kuin aikaisemmin. Kaikki oli likaista, kaaosmaista ja asunnossa oli ollut murto. Kaikki oli käännetty ylösalaisin ja joku oli penkonut äidin tavaroita. Se tuntui vastenmieliseltä. Saimme vahvistuksen asunnon nähtyämme, että hän ei ollut voinut hyvin pitkään aikaan. Tuttavat olivat jo aiemmin kertoneet, että hän ei ollut voinut hyvin, mutta emme ymmärtäneet, että se oli näin huonosti.

Isän kuolema, 19. kesäkuuta 2012, oli yksi elämäni pahimmista tapauksista. Hän kuoli verenkiertohäiriön aiheuttamaan verenkiertoshokkiin. Sekä veljeni että minä järkytyimme tilanteesta, mutta molemmat koimme ja käsittelimme sitä eri tavoin. Kuolemantapaus koski minuun erittäin kovasti, kun taas veljeni ei ole vieläkään työstänyt järkytystään.

Olin juuri tullut töihin sinä tiistai aamuna, kun puhelin soi. Mieheni soitti. Hän oli erittäin rauhallinen ja sanoi: -"Isällesi on tapahtunut jotain". Tunsin, että sydämen lyönnit kiihtyivät ja minua pyörrytti. Päässäni pyöri sata ajatusta ja minulla oli ollut jo jonkun aikaa tunne, että isäni ei voinut niin hyvin. Kysyinkin mieheltäni: - "Elääkö isäni vai onko hän kuollut?". -" Luulen että hän ei selviä. Tällä hetkellä on sekä oikeuslääkäri että poliisi paikalla tutkimassa asiaa. Saamme lisätietoja myöhemmin".

Sisimmässäni tiesin, että tämä päivä tulee, kun sisäelimet eivät kestä pidempään alkoholin väärinkäytön takia. Mielestäni tämä tapahtui liian aikaisin eikä kukaan haluaisi kuolla samalla tavalla kuin isäni, yksi asunnossaan. Toivoin, että kuolema tuli nopeasti eikä isäni joutunut kärsimään.

Kahta viikkoa ennen kuolemaansa hän joutui sairaalaan. Hän oli kaatunut ja lyönyt oikean puolen päästään ja kehostaan olohuoneen pöytään. Oletettavasti hän oli joutunut makaamaan lattialla kuusi tuntia. Naapurit olivat kuulleet hänen avunhuutonsa ja soittaneet ambulanssin. Noin viikon sairaalassa olon jälkeen hän oli saanut tulla kotiin, lääkärin mielestä hän voi tarpeeksi hyvin. Kokeet sitä vastoin näyttivät, että hän ei voinut hyvin. He eivät koskaan informoineet huomatusta sydämen eteisvärinästä. Ilmoitin tästä myöhemmin IVO:lle (hoito ja huoltoalan tarkastajalle). Mielestäni hänen olisi pitänyt saada olla sairaalassa, kunnes kaikki arvot olisivat näyttäneet hyvältä. Oletin syyn hänen kotiuttamiselleen olleen paikan puutteen sekä että henkilökunnalla ei ollut aikaa kuunnella mitä isällä oli sanottavaa, mikä tänään ei ollenkaan ole epätavallista. Mielestäni isäni kaltaisilla henkilöillä, jotka olivat suomea puhuvia ja joilla oli vaikeuksia ruotsinkielen kanssa, pitäisi saada tulkkausapua omalla äidinkielellään (niin kuin kaikki joilla on siirtolaistausta eivätkä osaa ruotsia). Olin informoinut sairaalaa tästä ja heidän piti merkitä se hänen sairaskertomukseensa. Kaikesta huolimatta henkilökunta soitti minulle aina ja pyysi minua olemaan läsnä keskusteluissa isäni kanssa, sillä hän ei osannut selittää mihinkä hän tarvitsi apua tai kun henkilökunta ei ollut kerennyt saada tulkkia paikalle. Isä ymmärsi kokonaisuuden henkilökunnan sanomasta, mutta ei tajunnut yksityiskohtia. Hän halusi tietää kaiken tarkkaan ja vaati vastauksen. Hän ei saanut kuitenkaan täydellistä tietoa terveydentilastaan, vaan hänet kotiutettiin.

Skinnskattebergissä asuva isäni naistuttava oli soittanut meille ja selvittänyt miehelleni, että heidän yhteinen miespuolinen tuttavansa oli löytänyt isäni kuolleena kotoaan. Shokkitilassa oleva miespuolinen tuttava oli nopeasti lähtenyt sieltä ja ajanut tämän naisen luo ja pyytänyt tämän soittamaan meille. Miehelläni on eräs tuttava, joka asui lähellä isääni ja pyysi häntä menemään ja todistamaan että isä on kuollut. Mieheni tuli hakemaan minut töistä kotiin. Soitin kaikille läheisille, että saimme jakaa surun lähipiirissä. Tunsin itseni vihaiseksi, surulliseksi ja voimattomaksi, kun en päässyt isäni luo. Halusin nähdä, että se oli tosiaankin totta, että hän oli kuollut, sillä en uskonut sitä todeksi. Oikeuslääkäri puhui kanssani puhelimessa ja hänen mielestään minun ei kannattanut mennä katsomaan isääni. Hän selitti, että se voisi olla kauhistuttava näky, sillä veri oli pakkautunut kasvoihin ja keho oli kummallisessa asennossa. Hänen mielestään voisin ennemminkin alkaa valmistelemaan hautajaisia lähiomaisten kanssa. Isä kuoli olohuoneessa verenkiertohäiriöön polvillaan vuodesohvansa edessä. Todennäköisesti hän oli jäänyt istuvaan asentoon ja luultavasti kuolema tapahtui nopeasti, koska isä ei ehtinyt edes makuulleen. Ruumiinavauksessa ja verikokeiden tuloksissa ei näkynyt alkoholia, huumeita tai lääkeaineita, jotka olisivat voineet aiheuttaa kuoleman. Olin sen vuoksi ylpeä.

Otin yhteyttä suomalaiseen hautaustoimistoon, joka auttaisi valmisteluissa ja hautausurakoitsijaan, joka hoitaisi arkun ja ruumiin kuljetuksen Suomeen. Ajoimme veljeni kanssa Fagerstaan ja meillä oli mukanamme vaatteita ja isälle kuuluvia tavaroita, jotka halusimme laittaa arkkuun ja nähdäksemme hänet kun hänet oli valmisteltu viimeiselle matkalle. Kaksi hautausurakoitsijaa odotti meitä huoneessa. He varoittivat, kuten olimme kuulleet aikaisemmin, että isän kasvot eivät näyttäneet hyvältä, se saattaisi pelästyttää meidät loppuiäksi. Me halusimme kuitenkin nähdä hänet. Veljeni epäili hieman, haluaako hän nähdä isääni makaavan arkussa, sillä hän ei ollut koskaan aiemmin nähdyt kuollutta henkilöä. Ja nyt se oli isämme. Minulla on kokemusta pitää huolta ihmisistä elämän loppuvaiheessa ja olen tavannut surevia omaisia lähihoitajan ammatissani, mutta tietenkin oman isän näkeminen arkussa on tunteikkaampaa ja raskaampaa.

Menimme yhdessä arkulle jättämään hyvästit. Näytti kuin isä olisi ollut nyrkkeilyottelussa ja veljeni sanoi, "ajattele että isä ei saa näyttää rauhalliselta kuolleenakaan". Tämä kommentti kuulosti koomiselta tässä vaikeassa tilanteessa. Se ei ollut mikään kaunis näky ja oli vaikeata nähdä, että se edes oli isämme. Meidän oli pakko varmistautua, että se oli isä. Loppujen lopuksi tunnistimme hänet hiusrajastaan ja ohuista, rotanvärisistä hiuksista. Kysyin kuitenkin hautausurakoitsijalta, olivatko he varmoja, että se oli meidän isämme. Hänellä oli tatuointeja tietämissäni paikoissa, kuten "kulkurin pisteet" ja merimiehen tatuointi – kolme pistettä käden päällä, peukalon ja etusormen välissä, jotka yhdistetään merimiehiin, vankilakundeihin ja kulkureihin. Ankkuri, joka symbolisoi, että on merimies ja on ylittänyt Atlantin ja symbolisoi myös toivoa, meriä, satamia, rantoja ja sen sellaista. Isä oli myös tatuoinut äidin nimen, ja sitä hän ei ollut koskaan poistanut, nuolen lävistämän sydämen. Kun nuoli lävistää sydän se kuvaa rakkauden ihanaa tuskaa. Hautausurakoitsija kertoi myös, että tunnistus oli tehty hammaskortin avulla, että virhettä ei päässyt tapahtumaan. Nyt jälkeen päin olen ajatellut, että isällähän oli tekohampaat ja nehän olisi ollut helppo haluttaessa vaihtaa.

Tämä tapahtuma oli suuri suru kaikille perheenjäsenille, mutta minulle ja veljelleni isäni merkitsi jotain erikoista. Tiesimme, että isämme elämä ei ollut helppoa. Tie oli ollut mutkikas ja vaikea. Mutta hän ei koskaan valittanut. Vaikka emme saaneet elää yhdessä koko elämää, niin isä oli välittänyt meistä ja auttanut omien mahdollisuuksien mukaan. Kun hänellä oli aika ajoin mahdollisuuksia selviytyä arkielämästään, minkä hän teki suurilta osin elämänsä aikana, niin hän halusi olla kanssakäymisissä meidän sekä lastenlastensa kanssa. Hän piti siitä. Sydämessään hän oli kuitenkin merimies ja oli lähtenyt merille jo 11-vuotiaana. Hän halusi matkustaa, tehdä töitä ja olla veljensä Arton kaltainen, jota hän kunnioitti. Oikeastaan setä veti isän siihen elämäntilanteeseen, joka ei olisi sopinut nuorelle pojalle, mutta se elämä ja ne kokemukset olivat parasta hänen elämässään. Sen hän on kertonut meille. Elämä rahtilaivoilla oli kovaa. Pimeitä ja kylmiä öitä merellä, saattoi kestää viikkokausia ennen kuin alukset menivät satamaan ja miehistö sai kiinteää maata jalkojensa alle. Paljon juhlimista ja paljon riitoja, mutta hän tapasi myös useita mielenkiintoisia henkilöitä eri satamissa - muun muassa Gotlandissa, Emglannissa, Afrikan rannikolla ja Itäafrikassa. Huolimatta siitä, että isä puhui ainoastaan suomen kieltä, niin hän ymmärsi toisten kehonkieltä. Isän veli Arto joutui usein tappeluihin, kun he ryyppäsivät. Kerran Arto sai puukon vatsaansa ja jäi henkiin kuin ihmeen kaupalla. Hänen kova elämänsä, juopottelut ja tappelut menivät usein liian pitkälle ja sai hänet päättämään, että nyt se saa riittää. Hän poltatutti mahanporttinsa niin, että hän ei enää pystynyt ottamaan tippaakaan alkoholia ja hänestä tuli raivoraitis. Sanotaan, että täytyy käydä pohjalla voidakseen muuttaa elämäntyyliä ja nousta taas ylös. Isä on aina kaivannut merille ja hänellä oli toivomuksena, että joskus vielä ennen kuin se olisi liian myöhäistä astua rahtilaivaan ja tehdä viimeinen matka. Isä on matkustanut aluksilla, ja muutamalle hän haluaisi palata, Astarte, Jan Hamm, Hamis, Jorgi ja Mylle. Olin ajatellut antaa hänelle sen, mutta isän aika päättyi nopeammin kuin me olimme arvioineet. Isäni sai viimeisen merimatkansa arkussa Suomenlaivalla. Hänet tultaisiin hautaamaan perhehautaan, äitinsä viereen Suomessa, hänen toivomuksensa mukaisesti. Isä oli myös taiteilija ja kiltein ihminen loppuun saakka.

Olemme kiitollisia, että saimme olla yhdessä. Sinä opetit meille elämän kysymyksiä niinä vuosina, kun saimme olla yhdessä ja oppia tuntemaan toisemme. Tulet aina olemaan sydämissämme. Kiitos isä!

Isän kuoleman jälkeiset vuodet ovat olleet vaikeita, vaikeampia kuin ensin luulinkaan. Surutyötä tehdessäni poikani sanoi minulle jotain, joka sai minut ajattelemaan – "Sinun pitäisi kunnioittaa eikä surra isääsi. Ajattele niitä hyviä muistoja, jotka sinulla on isästäsi ja muistoja, joita meillä on isoisästämme".

Tyttärellämme oli erikoinen suhde isoisäänsä jo pienestä pitäen. Tehdessään määrättyjä eleitä hän sai isoisän nauramaan. Kun tyttäremme kujeili ja hulutteli, niin isän mielestä hän muistutti äitiämme, silloin kun tämä oli ollut hyvällä tuulella ja oli riehakas ja iloinen.

Luku 11

Minä istun pelästyneenä pilkkopimeässä, pienessä vaatehuoneessa. Kuuntelen askeleita ja yritän paikallistaa, jos ne tulevat lähemmäksi ovea. Olen korva tarkkana ja valmiina nousemaan nopeasti, jos joku kasvatusvanhemmista tulee tarkastamaan monen tunnin jälkeen, olenko vieläkin seisaallani pimeässä – rangaistuksena siitä, kun en ollut tehnyt niin kuin he sanoivat. Eikö nyt jo ole kulunut jo hetki? Rangaistusajan pitäisi jo loppua?

Vai olenko seissyt täällä sisällä vain tunnin? En pysty arvioimaan kuinka kauan aikaa on kulunut, sillä minulla ei ole kelloa. En olisi sitä kuitenkaan nähnyt, vaikka silmäni ovat sopeutuneet pimeään. Jalkojani särkee ja niin ollen arvelen, että on kulunut useita tunteja. Viimeinkin lipunostaja lähtee.

Kasvattivanhemmilla oli nimittäin matkatoimisto ja kun kesälomat lähenivät, niin talossa oli paljon liikettä. Usein meidät suljettiin vaatehuoneeseen, kun ihmiset tulivat ostamaan matkalippuja, pois näkyvistä ettei kukaan voisi tehdä kasvattivanhemmillemme epämukavia kysymyksiä, joihin heidän olisi ollut pakko vastata. Kasvattivanhempamme eivät luottaneet määrättyihin henkilöihin ja pelkäsivät heidän kertovan eteenpäin mitä täällä oli tekeillä. Meitä rangaistiin myös seisottamalla eteisen nurkassa ja kaikkien näkyvillä, mikä oli kiusallista vierailijoille ja hävettävää meille.

Kuulin askeleiden lähenevän, ja ovi avautui. Minun piti näyttää kiitollisuutta ja tunnustaa jotakin mikä ei ollut minun syytäni! Se tuntui väärältä. Minun täytyi sanoa anteeksi, muuten saisin jatkaa seisomista pimeässä.

Aikuistuttuani kasvattivanhempieni tuttavat kyselevät minulta varovasti tuskallisesta kasvuajastani ja miltä tuntui asua heidän luonaan. Annan heille lyhyen selvityksen minkälaista oli **kauhutalossa**. Tämä on toteamus, mutta myös tapa huomioida, että heillä olisi ollut mahdollisuus vaikuttaa parempaan tulevaisuuteemme. Oli ihmisiä ja myös naapureita, jotka tiesivät jonkun verran, mutta eivät uskaltaneet ilmoittaa epäkohdista. Jotkut reagoivat välttämällä aihetta koska se oli arkaluontoinen. Meitä myös epäillään. Tunnen myös turvallisuutta, että on henkilöitä, jotka ovat todistaneet kotiolomme ja vahvistavat, että vika ei ollut meissä, vaikka meidät oli kasvatettu uskomaan niin.

Joskus en tunne mitään. En murru. Pidän kaikki sisälläni, kunnes olen yksin tai mieheni kanssa. Yhtäkkiä kaikki kaatuu päälleni. Epämiellyttävä tunne hiipii ylitseni. Olen luvannut itselleni, etten koskaan anna kasvattivanhempieni voittaa minua. Yksi elämäni kannustin, joka on innostanut minua voittamaan vaikeudet on se, että en koskaan anna heille iloa olla oikeassa. He aliarvioivat meitä ja sanoivat, että meistä ei koskaan tulisi mitään. He sanoivat aina "teistä tulee sosiaalitapauksia ikääntyessänne". Tällä kirjalla pystyn näyttämään toteen heille, että he olivat väärässä.

Siitä päivästä asti, kun minut heitettiin ulos ja nöyryytettiin, olen intensiivisesti yrittänyt löytää omaa indentiteettiäni ja rakentaa vahvaa perhettä ja varmistaa tulevaisuutta sekä tukea veljenäni. Olen yrittänyt antaa oman panokseni yhteiskunnassa ja auttaa ihmisiä, jotka tarvitsevat tukea ja kannustusta. Kaikkien taitojeni mukaan olen yrittänyt nähdä, että kaikki ihmiset ovat saman arvoisia. Omalla kokemuksellani voin tänään käyttää energiani hyviin asioihin. Ennen meni kaikki voimani vain selviytymiseen. Se on yksi tavoistani saada arkielämä helpommaksi. Mutta vielä tänäkin päivänä taistelen arjen pyörittämisessä.

Tiedostan, että ei ole mitenkään varmaa palautua kokonaan. Tämä prosessi jatkuu koko elämän. On varmaan asioita, joita minä ja veljeni emme varmaankaan muista, mutta saamme opetella käsittelemään tunteitamme – sekä psyykkisiä että fyysisiä reaktioita ja suhteita. Yhtäkkiä voi tulla tilanteita, joihin ei ole varautunut, mutta jotka kuitenkin repivät vanhat haavat auki, ja sen vuoksi ei voi käsitellä tilannetta parhaalla tavalla.

Keskellä yötä saattaa yhtäkkiä herätä peloissaan ahdistuskohtaukseen, haukkoa henkeä, keho ja sänkyvaatteet likomärkänä hiestä ja todeta että se olikin painajaisuni eikä todellisuutta. Ei tunnu hyvältä olla hyökkäävä ja ärsyyntynyt lähimmäisiään kohtaan – ei ärsyyntyä eikä tuntea syyllisyyttä aiheetta, tai vain tuntea kylmyyttä ja tyhjyyttä sisimmässään sen vuoksi, että kasvattivanhemmat käsittelivät meitä huonosti.

Olin kuitenkin käynyt psykologilla, mutta tunsin sen tarpeettomana. Minulle se ei antanut mitään. Olin jo osittain käsitellyt ja työstänyt läpikäymiämme asiat. On kulunut monta vuotta eri elämän vaiheiden välillä. Olen voinut työstää paljon lapsuudestani muistamiani asioita. Veljelläni on tavallaan vaikeampaa, sillä hän ei muista biologisia vanhempiamme samalla lailla kuin minä. Hän ei ole voinut vaikuttaa eikä hänellä ei ole ollut taitoa työstää kokemuksiamme. Hän ei myöskään muista biologisten vanhempiemme kanssa saaneita hyviä hetkiä, jotka olisivat voineet olla positiivisia ja ratkaisevia jossain elämän vaiheessa. Olemmehan myös erilaisia yksilöitä ja reagoimme eri tavoin eri tilanteissa ja eläneet eri elämää riippuen elämän tilanteesta. Koimme olleemme hengen vaarassa kasvattivanhempiemme luona.

Asuessamme **kauhutalossa** ajattelin usein "minä karkaan, hyppään ikkunasta ulos ja häivyn ikuisesti, en palaa koskaan takaisin". En voinut, sillä en voinut jättää veljeäni. Kuka häntä olisi auttanut, jos en minä?

Unohdus, viha, pelko, väsymys ja syyllisyyden tunne tekevät sen, että ei voi tietää miksi tuntee sen mitä tuntee. Opettelin laskemaan kymmeneen ennen kuin haukuin lähimmäisiäni, sain tämän neuvon käydessäni muutaman kerran kognitiivisessa käyttäytymisterapiassa oppiakseni elämään ja käsittelemään tunteitani arkitilanteissa. He opettivat myös katsomaan ja menemään eteenpäin elämässä. Kuinka hallita ja saa kärsivällisyyttä, yrittää olemaan avoin, rehellinen toisia kohtaan – mutta ennen kaikkea itseään kohtaan. Kasvattivanhemmat eivät saa hallita minua. Olin päättänyt sen enkä hyväksyisi sitä koskaan.

On kulunut monta vuotta, tarkemmin sanottuna 27, siitä kun minut heitettiin ulos ensimmäisen kerran. Olen päättänyt, että kukaan ei enää koskaan tulisi alistamaan eikä aivopesemään minua tällä tavalla. Ensin minun täytyy pelastaa itseni ennen kuin pystyn pelastamaan veljeni. Voimakkaat mielikuvat ja ajatukset tulevat takaisin ja ajatukseni suuntautuvat veljeeni, jonka jouduin jättämään. Säälin myös adoptiopoikaa. Hän ei koskaan saanut hyvää perustaa elämälleen. Meitä käsiteltiin aivan eri tavoin. Adoptoitua poikaa käsiteltiin biologisena lapsena. Me olimme vain arvottomia kasvatteja. Opin kuitenkin **kauhutalossa** siivoamaan ja osaan sen vieläkin. Se on ainoa järkevä muisto, jonka olen ottanut mukaani sieltä. Olimme kuin siivoajia, kuurasimme joka paikan katosta lattiaan. Emme koskaan unohda - kuinka siivotaan.

Minulla on myös hyviä muistoja, että veljeni ja minä saimme kasvaa saman katon alla ja se teki meistä tarvittaessa voimakkaita. Teini-ikään tultuamme ymmärsimme, että Mirjam ja Martti käyttivät meitä hyväkseen. Meidän piti kannella toisistamme itsemme eduksi. Joku sai aina rangaistuksen. Kuinka rikollista onkaan – asettaa ihmisten voimakkuudet ja heikkoudet vastakkain tehdäkseen molemmista heikkoja?

Moni lapsi yhdistää kesäloman vapauteen, lepoon, leikkiin, nauruun ja kavereiden kanssa yhdessä oloon. Minun kohdallani kesäloma oli kovaa työtä. Minut lähetettiin Suomeen töihin kasvattiäidin veljen maalaistaloon. Olin siellä ensimmäisen kesän kahdeksanvuotiaana. Parhaat muistoni olivat, kun koulun jälkeen pääsin Suomeen lastenvahdiksi ja pois tästä kurjuudesta. Matkustin bussilla ja Suomenlaivalla ja sain aikaa olla ajatuksissani. Sain olla erossa kasvattivanhemmistani ja tuntea itseni vapaaksi hetken, mutta myös tarvituksi. Siivota osasin jo, sillä olin tehnyt sitä kaiken aikaa kasvattivanhempieni luona. Opin itsenäiseksi ja sain kuulla, että en ollut vain arvostettu ainoastaan siitä mitä tein, vaan myös ihmisenä. Opin hoitamaan pientä lasta sekä tekemään taloustöitä kuten valmistamaan ruokaa, tiskaamaan, käymään kaupassa, auttamaan leipomisessa, siivoamaan ja pesemään pyykkiä. Opin myös navetassa lypsämään lehmiä, luomaan lantaa, kalkitsemaan seinät, ruokkimaan vasikoita ja sonneja, pesemään maitotonkat, leikkaamaan nurmikot, auttamaan heinätöissä, ajamaan traktoria, kitkemään rikkaruohoja, syöttämään sikoja, maalaamaan ja poimimaan marjoja.

Tein töitä aamusta aikaisin ilta myöhään. Kuulostaa ehkä siltä, että minut muutettiin helvetistä toiseen, mutta minulle se oli turvapaikka. Vältyin Martilta! Täällä hän ei voinut vahingoittaa minua. Täällä säästyin myös Mirjamilta, joka ei koskaan voinut sanoa miestänsä vastaan, kun kyse oli minusta ja veljestäni. Täällä oli kasvattiäidin veli ja hänen vaimonsa, joka määräsi ja päätti säännöt. Hänen vaimonsa oikeastaan oli hallitsevampi ja ankarampi, mutta hän antoi minulle myös vapautta. Sain katsoa TV:tä niin kauan kuin halusin, vaikka minun oli noustava ylös aamulla viideltä. Lapsenvahdin ohjelma oli tiukka. Aamu 5:00 iltaan 18:00 ja heinäntekoaikaan saattoi mennä myöhempään. Saunoimme melkein joka päivä töiden jälkeen. Sen jälkeen istuin myöhään katsellen TV:tä, koska sain mahdollisuuden päättää mitä ohjelmaa halusin katsoa. Sain valita mitä tein vapaa-ajallani. Sain tekemästäni työstä rahaa ja menin perjantaisin tai lauantaisin tansseihin, missä tapasin toisia nuoria ja uusia ihmisiä. Sain myöskin päättää mitä puin päälleni ja kuinka laitoin hiukseni. Aloin ottaa oman elämäni hallintaani ja tuntea itseni samanlaiseksi kuin toiset saman ikäiset. Mutta en kuitenkaan. En ollut kuin toiset eikä minusta koskaan tulisikaan kuin toiset. Vapauden tunne maatilalla vaikutti siihen, että olin lähellä muuttaa sinne vakituisesti 16-vuotiaana, aloittaakseni maatalouslukion. Minut oli hyväksytty ja olin tavannut poikaystävän. Mutta onneksi tapasin nykyisen mieheni Ruotsissa ja päätin jäädä tänne.

Kasvattivanhempien oli aika tulla Suomeen. Siinä vaiheessa olin ollut siellä melkein kymmenen viikkoa ja vapaana uhkauksista, painostuksesta, kurituksesta ja muista rangaistuksista. Oli luksusta työskennellä lapsenvahtina, jos vertasin näitä kahta elämäntilannetta toisiinsa, tienata omaa rahaa ja tuntea vapautta ja saada arvostusta tekemisistäni. Kasvattiäidin veljen rouva, Laila ojensi Mirjamia, kun Mirjam tapojensa mukaan moitti minua ja sanoi, että tein kaiken väärin. Silloin Laila puuttui asiaan ja sanoi hänelle "täällä päätän minä ja minun sääntöni pätee". Hän ohjasi kaikkea tiukalla otteella, mikä oli usein tarpeellista, jotta järjestys säilyisi maalla. Koska hän piti minun puoliani, uskaltauduin kertomaan hänelle minuun kohdistetusta väkivallasta. Ei edes hän halunnut kuunnella. Hän ei ollut kuulevinaankaan minun kertomuksiani.

Pidin paljon kasvattiäitini veljestä, joka oli hänen vastakohtansa, ja aivan liian kiltti. Hän teki kovasti töitä niin, että hän nukahti ruokailun jälkeen aina keinutuoliin. Säälin ja kunnioitin häntä hänen raatamisestaan. Hän oli ainoa, joka kehui minua hyvällä tavalla tekemistäni työtehtävistä. Muistan kuinka tulin iloiseksi. Kasvattiäitini vanhempien eläessä hänen isänsä hallitsi tilaa tiukin ottein ja oli ankara, mutta hänen äitinsä oli puolestaan liian kiltti. Muistan, kuinka hän kerran sanoi kasvattiäidilleni että "nyt annat tytön olla rauhassa!" Minulla oli usein painajaisia ja eräänä yönä kysyin kasvatti-isoäidiltä sainko tulla nukkumaan heidän väliinsä. Hän oli kiltti ja lupasi minun nukkua sängyssään ja asettui itse keskelle. Siinä oli kaksi hetekan puoliskoa vierekkäin laitettuina ja kun hän meni keskelle, niin sängyt liukuivat erilleen ja isoäiti putosi lattialle. Jaoin huoneen kasvattiäidin sisaren kanssa, joka oli ja on erinomainen taiteilija. Hän on kärsinyt jakomielitaudista koko elämänsä ajan. Yhtenä päivänä hän saattoi tanssia pitkässä punaisessa juhlamekossaan, kun taas toisina päivinä hän oli sulkeutunut eikä häneen saanut yhteyttä ja hän oli omassa kuplassaan. Tuntui kuin kukaan ei olisi halunnut ymmärtää häntä. Perhe ehkä pelkäsi häntä, sillä he eivät ymmärtäneet sairauden laatua. Itselläni ei ollut mitään häntä vastaan. Hän ei tehnyt pahaa edes kärpäselle eikä sanonut juuri mitään, mutta joskus hän saattoi piristyä ja puhua minun kanssani. Hän oli viiltänyt ranteitaan huonosti voidessaan. Eräänä yönä heräsin ja näin hänen istuvan alastomana keskellä huonetta. Siinä hän istui keskellä lattiaa ja maalasi taulua. Sain useita hänen maalaamiaan tauluja. Sain myös taulun, jonka oli maalannut voidessaan paremmin – muotokuvan minusta.

Luku 12

Kasvattivanhemmilla oli kesäpaikka samalla seudulla kuin minä olin lapsenvahtina. Jos en mennyt yksin niin matkustimme veljeni kanssa yhdessä kasvattivanhempieni kanssa heidän autollaan ja laivalla Suomeen. Matka tuntui joskus painajaiselta. Martti keksi ihan hulluja juttuja joskus. Esimerkiksi kun olimme kannella niin hän halusi näyttää valtaansa veljelleni tai minulle, yhtäkkiä hän nosti veljeni ja riiputti häntä reelingin yli. Veli oli silloin viisi- tai kuusivuotias. Martti nauroi ja hänestä oli hauskaa, kun pelkäsimme. Automatkat muodostuivat usein vaarallisiksi. Martti ei hyväksynyt, että joku yritti ohittaa hänet, vaan ajoi ohittavan auton rinnalla, tai ajoi lujempaa ja lujempaa eikä antanut kenenkään ohittaa. Mitä enemmän pelkäsimme tai kielsimme, sitä lujempaa hän ajoi, kuin se olisi kiihottanut häntä. Joten oli paras vaieta ja toivoa, että selviäisimme automatkasta ehjin nahoin kesäpaikalle asti. Olimme usein siellä, jos en ollut töissä lapsenvahtina maatilalla. Minä ja veljeni emme osaa yhdistää kesämökkiä kesään. He käyttivät meitä lapsia työvoimana kesälomisin koko lapsuutemme ajan. Kuten aina – siivoa sauna ja talo, hakkaa puita mökin ympäriltä, niitä viikatteella heinikko talon ympäriltä, maalaa, pese ikkunat jne. Veljeni tai minut pakotettiin hakemaan vettä metsässä sijaitsevasta kaivosta. Tähän vanhaan taloon ei ollut vedetty vesiä. Saimme peseytyä saunassa. Oli se sitten lämmitetty tai ei. Tuntui rangaistukselta mennä tiheään mäntymetsään, kun siellä oli erittäin paljon hyttysiä. Se ei ollut vain vedenhaku. Oli sekä pelottavaa että epämiellyttävää mennä vain alusvaatteissa tai kietoutuneena kylpypyyhkeeseen ja raahata vesiämpäreitä, kun samaan aikaan miljoonia hyttysiä hyökkäsi kimppuun. Eksymisen mahdollisuus oli suuri tiheässä mäntymetsässä, joskus eksyimmekin. Onneksi löysimme aina takaisin. Aivan kuin he olisivat halunneet kiusata meitä jostakin mitä olimme sanoneet tai tehneet. Onneksi emme olleet allergisia. Silloin emme olisi säilyneet hengissä.

Minulle on yhtä tärkeää tänään säilyttää ne harvat hyvät muistot kuin ne vaikeat. Se keventää mieltäni. Haluan olla olemassa miestäni ja lapsiamme varten. Haluan olla niin hyvä vaimo, äiti ja sisar kuin vain voin. Lastemme ei tarvitse koskaan kokea sitä mitä minä ja veljeni olemme läpikäyneet. Päätin sen jo ennen kuin suunnittelin hankkia lapsia.

Veljeni sanoo, että minun lapseni eivät tule kokemaan mitään saman kaltaista, samanaikaisesti tiedän kuitenkin, että on lapsia ja nuoria, joilla on päivittäin samanlaisia kokemuksia, jopa pahempia tilanteita. Minusta on aivan käsittämätöntä, kuinka kukaan voi käsitellä lapsiaan noin pahoin.

Kaiken kauhean keskellä on tapahtunut myös jotakin hienoa. Minulla on tänään kaksi ihanaa aikuista lasta ja ymmärtäväinen mies. Olen niin kiitollinen siitä mitä minulla on. Minulla on anoppi, joka on ollut läsnä kaiken aikaa lasten kasvaessa ja auttanut veljeämme, kun hän tarvitsi uuden perheen.

Kun on kokenut jotakin vaikeaa ja tuskallista, koski se sitten vaikeaa sairautta, lähimmäisen kuolemaa tai jotain aivan muuta, on helppo tuntea itsensä yksinäiseksi. Mikään ei muutu ennalleen. Tänään pystyn tekemään eron turvallisen ja epäturvallisen välillä. Olen oppinut tutkimaan ihmisiä kadulla, yritän lukea ihmiskohtaloita ja yritän olla tuomitsematta ketään etukäteen. Olen tietenkin lapsellinen ja uskonut epäaitoutta. Mutta enhän minäkään ole ihmistä kummempi. Virheistään oppii. Jokainen käsittelee haasteita elämässä eri tavoin. Jotkut oppivat elämään niiden kanssa, toiset ei. Työstämme niitä kuvia, jotka koettelevat meitä unissamme ja painajaisissamme. Ei ole mitään valmista ratkaisua siihen, kuinka tulemme reagoimaan eri tilanteissa suhteissamme, yhteiskunnassa ja arkielämässä. Meidän on opittava elämään kipeiden muistojen kanssa ja kuinka käsittelisimme arkea haasteineen. Elämä ei ole eikä koskaan tule olemaan helppoa. Mutta en ole odottanutkaan sitä. Olen kuitenkin tullut siihen tulokseen, että on mahdollista ammentaa voimaa vaikeuksista. Tunnen ylpeyttä siitä, mitä olen saanut aikaan tähän mennessä elämässäni. Se antaa minulle voimaa jatkaakseni taistelua. Olemme veljeni kanssa selviytyjiä. Olemme kokeneet monta vastoinkäymistä, mutta myös pieniä menestyksiä, jotka antavat uskoa ja toivoa tulevaisuudesta. Olen tajunnut, että elämä voi kääntyä nopeasti ja että on vain yksi elämä elettävänä. Täytyy yrittää käyttää hyväkseen kaikki mahdollisuudet. On oltava oma itsensä ja uskottava tulevaisuuteen, kuitenkaan koskaan unohtamatta mitä on ollut. Koetut kokemukset on käytettävä hyödykseen ja tukea toisiaan.

Joskus huomaan tekeväni asioita ajattelematta. Eräänä päivänä töihin mennessä huomasin yhtäkkiä kulkevani täsmällisesti tietä pitkin oikaisematta nurmikon yli, mikä olisi helpottanut kiireessä. Näin olin kävellyt pitkään ylipäätään huomaamatta, että kuljin tiellä. Kasvattivanhemmat olivat iskostaneet meihin, että sellainen pikkuseikka kuin nurmikon ylittäminen oli laitonta ja rumaa. Meidän oli pakko totella, sillä he seurasivat meitä kaikkialla. Väittämänsä mukaan heillä oli vakoojia yhteiskunnassa. En uskaltanut oikaista nurmikon tai tontin yli niin kauan kuin asuimme kasvattivanhempiemme luona. Jos joku olisi nähnyt niin siitä olisi juoruttu ja me olisimme saaneet rangaistuksen. Kuinka sairasta oikeastaan, että itse ei pysty ajattelemaan, että ei tiedosta niin yksinkertaista asiaa, jonka nyt aikuisena voin valita itse. On varmaan asioita, jotka olen työntänyt syrjään tietämättäni. Asioita, jotka ehkä eräänä päivänä pulpahtavat esille jossain yhteydessä. Vielä tänäänkin elän hänen pelossaan. Pelkään hänen tulevan kiväärinsä kanssa ampumaan minut ja perheeni. Hän saattaa tehdä muitakin kauheuksia, sillä tiedän, että mikään ei pysty estämään häntä. Hän voisi tehdä mitä vaan.

Veljeni ja minä anoimme korvausta Korvauslautakunnalta (Ersättningsnämnde) 2013. Heillä, jotka on yhteiskunta ottanut huostaan hoidon laiminlyönnin vuoksi 1.1.1920 – 31.12.1980 on oikeus anoa korvausta väkivallan ja hoidotta jättämisen vuoksi. Hallitus ja Valtiopäivät ottivat Korvauslautakunnan uudelleen käyttöön 2012 ja voimassa olevien säännösten mukaan olisi pahoinpitely erittäin vakavalaatuista, kuten törkeä fyysinen pahoinpitely ja seksuaalinen väkivalta.

Jätimme kumpikin oman anomuksen emmekä uskoneet mahdollisuuteemme tulla kuulluksi. Olimme kauan sitten lakanneet uskomasta, että meillekin jaetaan oikeutta. Mutta elimme kuitenkin siinä toivossa, että jonain päivänä saisimme mahdollisuuden kertoa oman tarinamme ihmisille, jotka uskoisivat meitä. Toivoimme että jonakin päivänä olisi mahdollista saada jonkinlaista hyvitystä. Noin vuosi sen jälkeen, kun he olivat ottaneet korvausanomuksemme vastaan, saimme kutsun suulliseen käsittelyyn. Saimme päivämäärän ja kellon ajan tapaamiselle Tukholmassa, Korvauslautakunnan luona. Matkustimme junalla Tukholmaan. Siellä saimme kumpikin itse kertoa, minkälaisiin vaikeuksiin olimme joutuneet kasvattikodissa. Aika ennen ja junamatkan ajan tuntui erittäin pitkiltä. Monet ajatukset, mietteet ja muistot pyörivät päässä. Oli sekä raskasta ja hermostuttavaa tarvita taas kerran kertoa ja selittää menneisyydestä. Oli rasittavaa kertoa fyysisestä ja psyykkisestä alistamisesta ja hyväksi käyttämisestä kasvattiperheessä. Anomukseen olimme liittäneet kirjalliset perustelut sekä liittäneet omat kertomuksemme mukaan ja asianomaiset olivat perehtyneet niihin ennen käyntiämme.

Suullinen käsittely tarkoitti sitä, että tapasimme Korvauslautakunnan ja meitä kuultiin keskusteluhuoneessa. Suulliseen käsittelyyn osallistui minun lisäksi neljä jäsentä, jotka tekevät päätöksen ja se virkamies, johon olen ollut yhteydessä aiemmin, joka käsittelee asioitamme.

Aulassa ollut mieshenkilö otti meidät asiallisesti ja ystävällisesti vastaan. Paikan päällä he huolehtivat meistä, ja tekivät parhaansa, että tuntisimme itsemme tervetulleiksi. Me keskustelimme ja he saivat meidät tuntemaan itsemme vähemmän epämukaviksi ja vähemmän hermostuneiksi. Ajoimme hissillä odottamaan odotushuoneeseen. Meille tarjottiin syötävää ja juotavaa odottaessamme. Odotus ja epävarmuus oli rasittavaa sekä ruumiillisesti että henkisesti. Tunne oli painostava, kun ei tarkkaan tiennyt mitä oli tulossa ja mitkä kysymykset tulisivat esille. Ajatella jos lukkiutuisin paineesta kuulustelujen aikana enkä muistaisi kaikkia kokemiani yksityiskohtia. Kaikkea ei voi koskaan muistaa. Kuulusteluhuoneesta tulee nainen, joka edusti meitä. Hän edusti meitä molempia. Hän pyysi meitä olemaan rehellisiä ja kertomaan omin sanoin kokemamme niin tarkkaan kuin mahdollista. Lautakunnan jäsenet ovat tottuneet tapaamaan ja kuuntelemaan ihmisiä, joilla on ollut vaikeita kokemuksia. Korvauslautakunnan työntekijöillä on vaitiolovelvollisuus. Minulla on ollut hyvin vaikeata luottaa ihmisiin ja olen pikkuhiljaa elämän aikana oppinut, että kuitenkin on ihmisiä, joihin voi luottaa. Hetken päästä tuli nainen, joka johtaisi asian käsittelyä ja hän tuli tervehtimään meitä ja selitti kuinka suullinen kuulustelu tapahtuisi – menisimme sisään veljeni kanssa vuorotellen ja olisimme todistajia toisillemme. Kerroin, että minulla olisi vielä yksi todistaja, joka voisi vahvistaa väkivallan tarvittaessa.

Huoneeseen tultuani istui asian käsittelyä johtava henkilö edessäni ja hänen vasemmalla puolellaan istui mies, ja hänen vieressään meitä auttanut nainen. Hän kirjasi tietokoneelle mitä me kerroimme. Puheenjohtajan oikealla puolla istui kaksi lautakunnan jäsentä, mies ja nainen. Veljeni kertomus nauhoitettiin. Mietin, kuinka vaikeata se sitten onkaan, en enää voi perääntyä. En voi tehdä muuta kuin parhaani. Jos he eivät meitä nyt usko, niin olen kuitenkin veljeni kanssa tehnyt kaiken saadaksemme hyvitystä.

Kerroin niin hyvin kuin osasin kokemani väkivallan ja laiminlyönnin. Mitään ei jäänyt kertomatta, vaikka se tuntui vaikealta ja raskaalta. Olin hermostunut ja tärisin kauttaaltani. Tunsin itseni pahoinvointiseksi ja yritin keskittyä. Tuntui, kuin aivot räjähtäisivät. Huoneessa olevat henkilöt olivat ammattinsa osaavia ja tottuneet kuulemaan vaikeita kertomuksia. Huomasin olevani valppaana ja seurasin näiden henkilöiden reaktioita eri tilanteissa, kun kerroin lapsuudestani. Kun minun kuulusteluni oli ohitse, oli veljeni vuoro. Istuin odotushuoneessa, kunnes veljeni kuulustelu oli ohi. Se jälkeen saimme lähteä kotiin. Korvauslautakunta vastasi matkakuluista. Ennen lähtöämme meitä informoitiin, että kahden viikon kuluttua saisimme kirjallisen päätöksen lautakunnalta, jos olemme oikeutettuja saamaan korvauksen tai ei. Päätös tuli todellakin muutaman jännittävän viikon jälkeen. Päätöksestä selvisi, että meitä on uskottu.

Epilogi

Meidät otettiin kodista, jossa meidät oli jätetty heitteille ja jossa oli väärinkäyttöä ja sijoitettiin paikkaan, jossa oli fyysistä ja psyykkistä väkivaltaa eivätkä viranomaiset suorittaneet minkäänlaista kontrollia eikä seurantaa.

Määräykset koskevat tiettyjä viranomaisia ja ammatin harjoittajia, että heidän tulee ilmoittaa sosiaalilautakunnalle lasten vahingoittumisesta tai sen epäilystä niillä on pitkä perinne ruotsalaisessa lainsäädännössä. Määräys ilmoitusvelvollisuudesta oli jo vuoden 1924 lapsenhuoltolaissa. Määräyksiä on vuosien aikana vähitellen tiukennettu. Ne virastot, joiden toiminta koskee lapsia ja nuoria sekä muita terveys-, sairaanhoidon ja sosiaalipalvelun sekä muutama muuta virastoa, joka sisältää ilmoitusvelvollisuuden. Sama koskee näiden virastojen työntekijöitä. Tämän lisäksi kaikki ne, jotka harjoittavat ammattimaista yksityistä toimintaa terveys- ja sairaanhoidon tai sosiaalipalvelun alalla on liitetty tähän velvollisuuteen. Edelleen kehotetaan kanssaihmisiä ilmoittamaan tilanteet, joissa lapsia vahingoitetaan. Esimerkkinä siitä voi olla, että lapsiin kohdistetaan fyysistä tai psyykkistä väkivaltaa tai seksuaalista väärinkäyttöä, alistamista tai lasten perustarpeiden laiminlyöntiä.

Mitä on tapahtunut tähän päivään mennessä 1. joulukuuta 1978 lähtien, kun veljeni ja minut sijoitettiin kasvatuskotiin? Mielestäni asiat ovat edenneet erittäin hitaasti siitä saakka, kun ilmoitusvelvollisuus astui voimaan 1924.

Minulla oli mahdollisuus jättää anomus Korvauslautakunnalle korvauslain 2012:663 mukaan koskien väkivaltaa ja laiminlyöntiä. Se oli vaikea päätös minulle sekä ruumiillisesti että henkisesti, jaksaa läpikäydä vaikeita muistoja saadakseni jonkunlaista hyväksyntää.

Henkilöt, jotka kuuntelivat kertomustamme lapsuudestamme, uskoivat meitä. Yhteiskunnassa on vielä toivoa tulla hyväksytyksi! Mutta tie on ollut pitkä. Rahallinen korvaus ei ole mitään verrattuna siihen mitä olemme saaneet kokea, mutta se oli laiha lohtu.

Loppusanat

Kiitän isääni, joka ennen kuolemaansa kehotti minua kirjoittamaan elämästäni.

Poikani kannustuksesta sain rohkeutta ja voimaa julkaista kirjan. Olen ylpeä siitä, että voin vihdoinkin julkaista sen.

Haluan kiittää Pallea, joka on luonut kirjan kannet sekä oikolukenut ja muokannut kirjan. Haluan myös kiittää tytärtäni, sisartani, veljeäni, Marja-tätiä ja Camillaa, joka on lukenut muistiinpanoni ja antanut palautetta sekä rakentavaa kritiikkiä.

Kiitos miehelleni ja lapsillemme. Kiitos veljelleni ja sisarelleni siitä, että olette olemassa! Rakastan teitä!